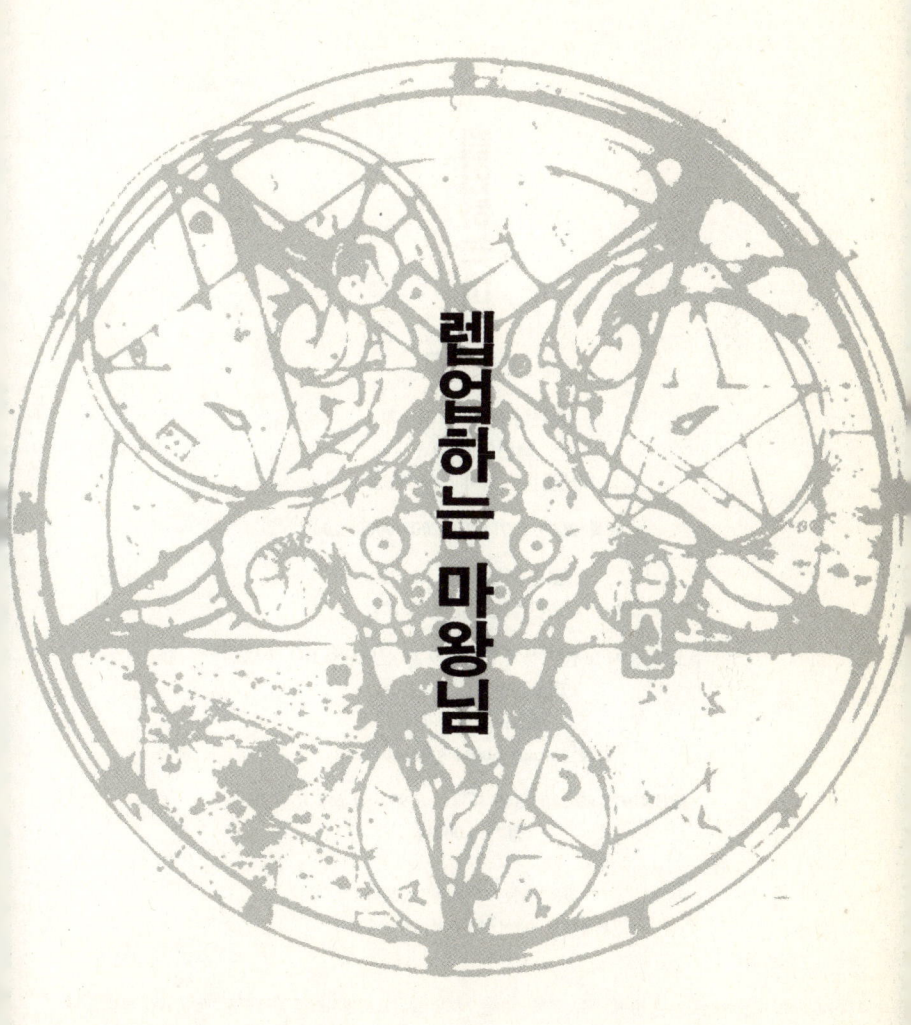

렙업하는 마왕님 ❷

지은이 | MJ STORY 김태형
펴낸이 | 권순남
펴낸곳 | (주)마야 · 마루출판사

등록 | 2008. 1. 7(제310-2008-00001호)

초판 인쇄 | 2016. 12. 23
초판 발행 | 2016. 12. 27

주소 | 서울시 노원구 상계 1동 1049-25 신영산업 BD 602호
대표전화 | 02-2091-0291
팩스 | 02-2091-0290
이메일 | marubooks@hanmail.net

ISBN | 978-89-280-7545-4(세트) / 978-89-280-7547-8
정가 | 8,000원

잘못된 책은 교환하여 드립니다.
저자와 협의하여 인지를 붙이지 않습니다.

「이 도서의 국립중앙도서관 출판시도서목록(CIP)은 서지정보유통지원시스템 홈페이지(http://seoji.nl.go.kr)와 국가자료공동목록시스템(http://www.nl.go.kr/kolisnet)에서 이용하실 수 있습니다.」
(CIP제어번호:CIP2016031053)

렙업하는 마왕님

2

MJ STORY 김태형 게임 판타지 장편소설

MAYA&MARU GAME FANTASY STORY

마야&마루

◑ 목 차 ◐

제1장. 파티 플레이 …007

제2장. 어디 한 번 같이 가 보자 …039

제3장. 옛날 통닭 …071

제4장. 우린 너무 극단적이야 …099

제5장. 전 개발자님을 믿었습니다 …127

제6장. 저도 부탁 하나만 드려도 될까요? …157

제7장. 물어나 볼까? …185

제8장. 블러드 메이지 …215

제9장. 이렇게 착한 마왕이 또 있을까? …245

제10장. 이제 그만 가라 …275

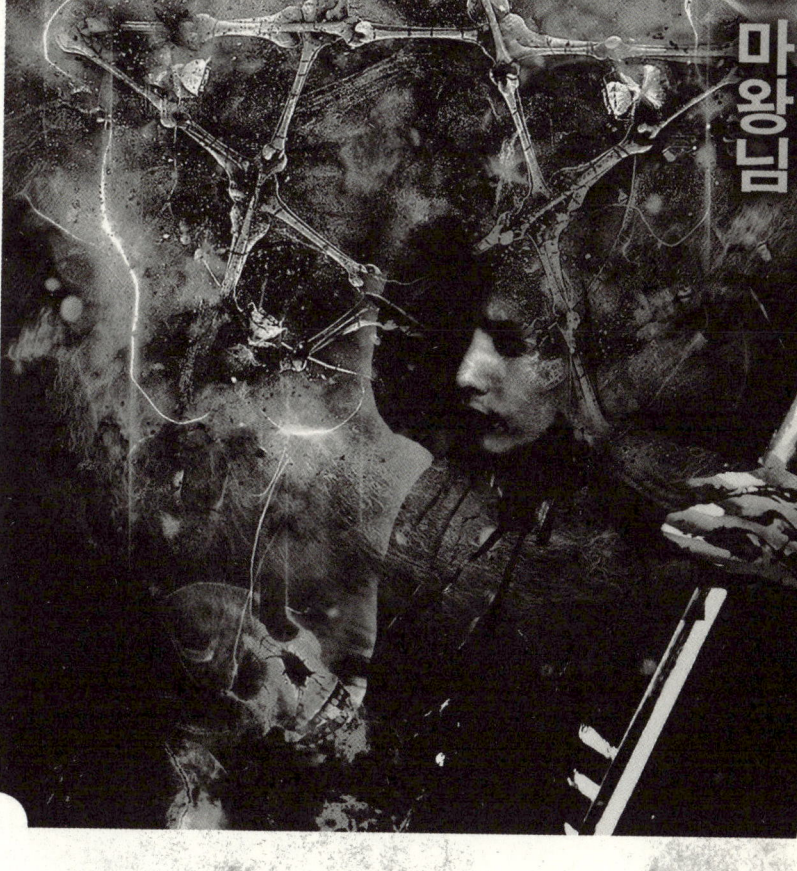

제1장

파티 플레이

렙업하는 마왕님

꼭 멋지게 죽일 필요는 없는 거잖아?
뎅겅! 뎅겅!
강철은 제논 길드의 잔당들을 후다닥 처리했다.
베인이란 놈이 낫 들고 설칠까 봐 모양 좀 빠지더라도 얼른 달려가 목을 벤 거다.
((타고난 사신이로구나.))
동굴 속에서 들려오듯 웅웅! 울리는 베인의 음성이 들렸다.
강철은 슬쩍 고개를 돌려 놈을 바라봤다.
뒤집어쓴 로브 안은 지독한 어둠뿐이었다. 그래서 눈이 있어야 할 자리를 짙은 어둠이 대신했다.

'살벌하게 생겼네.'

게다가 놈의 키는 2미터를 훌쩍 넘겼다.

그런 놈이 허공에 둥둥 떠 있다고 생각해 봐라.

쳐다보는 것만으로도 목 디스크 올 지경이니, 위압감은 더 말할 필요도 없었다.

그뿐이면 말을 안 한다.

덩치에 걸맞게 사이드 또한 특대 사이즈였다. 얼핏 보면 나무를 뿌리째 들고 있는 것처럼 보일 지경이었다.

어둠에서 뻗어 나온 뼛조각이 사이드를 쥐고 있는 폼은 그래서 더 기괴해 보였다.

((자네, 사신의 조건을 충분히 갖췄어.))

저 꼴을 한 놈한테 이런 말을 듣다니.

기분이 참 묘할 때였다.

그그그긍!

결계 밖으로 대검을 질질 끄는 소리가 들려왔다. 아가리를 쩍 벌리는 악귀의 턱에서나 날 법한 소리였다.

먼저 반응한 건 베인이었다. 놈은 벌써 사이드를 치켜들고 있었는데, 위압감 때문인지 별거 아닌 움직임에도 폼이 줄줄 흘렀다.

강철은 결계 밖을 향해 시선을 돌렸다.

선발대의 공격을 받은 이후로 결계 중심에 거미줄처럼 기다란 금이 사방으로 뻗어 있었다.

적들은 그곳을 향해 진군해 오는 중이었다.

높이 치켜든 붉은색 깃발 뒤로 투구를 쓴 사내들이 줄줄이, 줄줄이.

쿠- 웅! 저벅저벅! 저벅저벅! 쿠- 웅!

놈들은 다섯 걸음에 한 번씩 방패를 바닥에 내리찍었다. 분위기로 주위를 압도하는 것만은 인정할 만했다.

((저들을 상대로 앞장서겠다고?))

베인의 로브가 좌우로 움직였다. 가망이 없다는 듯 고개를 젓는 것 같았다.

쿠- 웅!

베인의 질문에 대신 대답이라도 하듯 방패 소리가 들렸다.

그리고 소리가 가까워질수록 그들이 착용한 장비 하나하나가 눈에 들어왔다.

햐아!

생긴 건 저마다 다르지만, 모두 은빛 은은한 아우라가 뿜어져 나왔다.

13강 템에서 나오는 이펙트였다.

((자네 장비와는 차원이 다른 것 같은데?))

베인이 뭐라고 말하건 강철은 넋이 나간 얼굴로 적들의 행렬을 바라봤다.

"저게 다 얼마냐?"

((응?))

예상하지 못했던 대꾸였나 보다. 베인의 거대한 대가리를 감싼 로브가 한쪽으로 갸웃했다.

그러거나 말거나, 강철은 계산에 빠져들었다.

13강 템이니까 간단하게 명당 천만 원꼴 된다 치자.

적의 숫자가 못 잡아도 2백은 넘으니까…….

"2, 20억?"

저놈들 다 잡으면 아이템 값만 최소 20억이 나온다고?

강철은 얼른 인벤토리창을 살폈다. 아이템을 담을 공간이 충분한지 살피기 위해서였다.

"없으면 있는 거 버려서라도 챙긴다!"

거기까지 말한 강철은 베인을 슬쩍 바라봤다.

20억을 떠올려서일까? 그 거대한 베인이 별로 대단해 보이지 않았다.

"네가 준 사이드 갖다 팔면 얼마 나와?"

((지금이 그런 말할 상황은 아닌 것 같은데?))

베인은 사이드로 결계 너머를 가리켰다.

뱀처럼 구불구불 길게 늘어선 적들을 보고도 긴장이 안 되냐고 묻는 거였다.

((두렵지 않은가?))

미친놈! 기껏 번 돈 싹 날릴 수도 있는데 안 무섭겠냐?

강철은 아랫입술을 꽉 물었다. 그간 뺑이 치며 번 돈, 한순간에 다 날리는 거 아닌지 매순간 떨린다.

욕심이 화를 부르진 않을까 망설여지는 거다, 강철도.

그렇지만 어쩌겠는가?

'어떤 상황에서도 욕심을 굽히지 않는다!'

강철의 확고한 신조가 그런 것을.

"큼큼!"

놈들이 뿜어 대는 먼지가 어느덧 코앞까지 다가오자 목이 칼칼하고, 흙냄새가 주변을 진하게 덮었다.

이제 곧 진짜 전투가 시작될 타이밍이었다.

최종 점검을 위해 강철은 뒤를 돌아보았다.

아리엘은 언제고 활용할 수 있도록 캐스팅 준비를 마친 상황이었다.

시선이 마주치자 명령만 달라는 듯 강철을 향해 고개를 끄덕이는 폼이 제법 믿음직스러웠다.

그 옆으로 스미든이 보였다. 방금 전까지만 해도 창틈으로 몰래 전투를 지켜보던 그가 지금은 집 밖에서 과장된 자세로 서 있었다. 전투에 전혀 어울리지 않을 커다란 망치 하나 들고 말이다.

강철과 시선이 마주친 스미든이 멋쩍은 웃음을 지었다.

"아무리 그래도 동료들이 싸우는데 어찌 지켜만 보겠나."

20억짜리 전투다. 용기보단 실력이 필요한데?

강철은 덤덤한 심정으로 스미든에게 입을 열었다.

"싸우고 싶어서 그래요?"

"누가 싸우고 싶어서 싸우겠나. 동료들이 이렇게들 열심인데……."

뒷말을 흐린 스미든은 보란 듯이 두툼한 팔뚝을 앞으로 내밀었다.

"장비 두드리듯 망치를 휘두르다 보면 어떻게 도움이 되지 않겠어?"

"장비는 가만히 있지만, 저놈들은 안 그래요."

"아아……."

정말 그걸 이제 알았다는 건가?

스미든의 시무룩한 얼굴을 본 강철은 적들이 어디까지 왔는지를 체크해 보았다. 아주 조금은 여유가 있었다.

"갑옷 같은 건 없고요?"

"갑옷이라……. 자네한테 맞는 건 딱히 없을 걸세."

"누가 내 거 찾아요?"

"그럼……? 아아, 내 건 있지."

싸우고는 싶은데, 무섭기는 하고.

안으로 달려가는 스미든은 어지간히 정신이 빠진 꼴이었다.

그나저나 시간이 정말 없는데?

"흠흠!"

그런데 강철의 염려를 콱 짓밟는 것처럼 스미든은 정말

빨리 나왔다.

쿵쿵쿵쿵!

무거운 발소리를 하고 말이다.

"심심할 때 좀 만들어 본 건데, 어떤가 모르겠군."

쑥스럽다는 듯 말을 하는 스미든의 온몸에서 황금빛이 번쩍번쩍 쏟아져 나왔다.

붉은 깃발 아래 진군해 오던 은빛 아우라와는 비교가 안 되는 위용이었다.

"우- 와!"

아리엘이 먼저 놀랐다.

((호호호! 대륙 제일이라더니, 허명이 아니었구만.))

템 앞에 장사 없나 보다. 사신도 달려왔다.

"그거 미스릴 갑옷이지?"

빛을 노려보던 강철이 미간을 좁히며 던진 질문이었다.

"그렇네."

"황금빛 도는 걸 보니 14강이고."

"그렇지."

스미든은 이 와중에 칭찬을 바란다는 듯 눈을 빛냈다.

"그런 걸 여태 감춰 놓고 있으면서 방구석에 처박혀 있었단 거고?"

강철의 의심스러운 시선 앞에서 스미든은 뒷머리를 긁어 댔다. 그리고 그럴 때마다 눈부신 황금빛이 쏟아져 나왔다.

세상에, 미스릴 갑옷을 입고 뒤통수 긁는데 뿜어져 나온 광채에 눈부셔 보긴 또 처음이다.

"어휴! 이걸 뭐라고 할 수도 없고."

"어, 어쨌건 최선을 다해 보겠네!"

최선을 다한다고? 고작 그것뿐이야?

아리엘의 방어력이 3천인데, 그 미스릴 갑옷은 방어력만 6천이 넘어가잖아!

"설마 망치도 좋은 거 있는데 까먹고 그런 건 아니지?"

"에이! 사람 뭘로 보고……."

거기까지 말한 스미든은,

"아아!"

후다닥 집으로 달려갔다.

쿵쿵쿵쿵!

여전히 육중한 소리를 토해 내면서였다.

강철은 가슴이 답답해져서 '후!' 하고 숨을 뱉어 냈다.

저런 양반을 전쟁터에 내보내느니, 차라리 강철이 2배로 싸우는 게 훨씬 낫겠다는 생각에서였다.

"아리엘, 저 양반 참가시킬지 안 정했어. 그러니까 탱커 하나 늘었다는 기대 따위 아직 갖지 마."

"예, 캡틴."

"캡틴은 또 뭐야?"

강철의 질문에 아리엘이 눈을 찡긋해 보였다.

미친 건가? 흙먼지가 날리더니 눈에 들어간 거야?

강철의 시선을 받은 아리엘이 이번엔 상큼하게 웃었다.

알겠다. 부담감 꽉꽉 갖고 좋은 작전 보여 달라는 의미란 것을 말이다.

그그그긍!

어느덧 적들이 부서진 결계 너머로 달려드는 게 보였다.

"아직 멀었어?"

"지금 갑니다요!"

스미든의 답을 들은 강철은,

후우!

깊게 숨을 내쉰 뒤에,

꽈악!

두 손 가득 사이드를 그러쥐었다.

&

송재균은 아이스크림을 크게 떠 입에 넣었다.

그는 머리가 복잡할 때나 아무것도 할 수 없을 때, 꼭 바닐라 아이스크림을 한입 가득 물었다.

그렇게 하면 부서질 것 같았던 머리가 조금이나마 맑아지는 느낌이 들곤 했다.

그리고 그걸 몇 번쯤 반복하면 거짓말처럼 해결책이 떠

오르곤 했다.

지금 송재균의 책상엔 빈 아이스크림 통 하나가 있었다.

가장 큰 사이즈였다.

벌써 두 통째였지만 숟가락은 멈추지 않았다.

먹는다기보다 욱여넣는 수준이었다.

송재균의 눈은 오로지 모니터에 고정되어 있었다.

눈 깜빡일 때 빼곤 단 한순간도 벽에 걸린 모니터에서 시선을 뗀 일이 없었다.

"NPC의 움직임을 통제할 수 없는 날이 올 줄이야."

공교롭게도 스피츠가 움직인 건 강철이 등장한 직후였다.

시기적으로 맞아떨어졌다 뿐이지, 스피츠의 돌발 행동을 강철 때문이라고 보는 이는 회사 내부에 아무도 없었다.

하지만 송재균의 생각은 달랐다.

스피츠는 강철을 선택했다.

무슨 꿍꿍이를 꾸미고 있는지는 모르지만, 강철을 이용해 무언가를 이루려고 하는 게 분명했다.

"흐음."

스피츠가 강철을 어떻게 알아서 선택까지 하겠느냐고 물을 수는 있다.

김백준 팀장도 그 말을 했었다.

그게 일반적인 생각이다.

하지만…….

송재균은 아랫입술을 깨물었다.

아주 낮은 확률이지만, 께름칙하게 짚이는 게 있어서였다.

타 게임에서 발군의 실력을 보였던 NPC를 포맷시켜 '어둠의 나라'에 투입시킨 일이 있다.

가령 '카이얀'의 최종 보스였던 마왕이 그랬다.

강철에게 워낙 당하긴 했지만, 녀석은 제법 훌륭한 NPC였다. 덕분에 녀석은 어둠의 나라에 재투입되었다.

게임이 서비스 종료되었다고 쓸 만한 NPC를 폐기할 순 없는 일이니까.

녀석의 기억이야 당연히 포맷했었다.

스피츠 역시 마찬가지 경우였다.

그러니 스피츠가 NPC의 기억을 토대로 강철을 선택한다는 건 있을 수 없는 일이었다.

상식선이라면 그렇다.

"하지만 우리가 알 수 없는 영역에서 스피츠가 그 일을 해낸 거라면?"

아무도 하지 않는 가정이지만, 송재균은 그 생각을 떨쳐버릴 수 없었다.

그의 본능이 자꾸만 그 방향을 가리키고 있었다.

정말 그렇다면… 스피츠가 강철의 지난날을 알게 된 거라면…….

"어떤 식으로든 강철에게 손을 뻗는 건 당연한 일일지도 모르겠군."

송재균은 깊은 한숨을 내쉬었다.

☞

"누가 내 얘기하나?"

케인은 귀가 간지러웠다. 새끼손가락을 열심히 넣어 보아도 간지러움은 쉬이 가시지 않았다.

"혹시 마왕님이 내 욕을 하고 계시는 건 아니겠지?"

곡괭이 하나 들고 떠난 마왕은 도무지 돌아올 생각을 않았다.

"뵙고 싶은데."

케인은 '마왕님!' 하고 목청껏 부르는 일이 그렇게 좋았다.

왜 그런지는 모르겠는데, 아무튼 그랬다.

녀석이 할 일 없이 마왕성을 배회하고 있을 때였다.

촤악-! 촤아- 악!

으응?

케인은 이상한 소리를 들은 것 같아 주위를 둘러봤다.

마왕성 안이다. 마왕이 떠난 뒤로는 케인 혼자 이 넓은 곳을 지켜야 했으니, 어떤 소리고 날 일이 없었다.

그는 잘못 들었나 싶어 고개를 갸웃한 뒤, 마저 걸음을 옮겼다.

케인이 향한 곳은 무기고였다. 이계 전용 템을 그토록 찾던 마왕을 떠올리며, 틈만 나면 무기고에 들르던 그였다.

혹여 놓친 건 없는지, 무기들 틈에 숨겨진 걸 못 보고 지나치진 않았는지.

"어디 보자."

몇 번을 봐도 늘 똑같은 광경이건만, 그래도 또 살폈다. 그게 마왕을 위한 일이라고 생각했기 때문이었다.

같은 곳을 얼마나 맴돌았을까?

촤악! 촤아- 악!

"응?"

잘못 들은 거 아니다.

그럼 아까 들었던 것도 진짜란 말이 되는데.

"뭐야?"

케인은 두 주먹을 말아 쥔 채로 무기고를 빠져나왔다.

촤악!

소리가 코앞까지 들이닥치는 기분이라서 케인은 미간을 잔뜩 좁혔다.

와라. 겁대가리 없이 마왕성을 노릴 참이라면 다 박살을 내줄 테니까.

촤아- 악!

위에서 들려온 소리였다. 케인은 퍼뜩 고개를 들었다.

"언 놈이……."

그러나 그는 채 말을 맺지 못하였다.

"이, 이런……."

천장에 난 창 너머로 거대한 눈이 보였다.

창을 가득 메우는 눈은 압도적인 위용을 뿜어낸 채로 케인에게 고정되어 있었다.

※

광역 마법은 원래 마나 소모가 좀 큰 마법이다. 그래도 기선을 제압할 겸 광역 마법으로 시작하는 거 나쁘지 않다.

"광역 마법 준비해."

"예, 캡틴."

젠장! 그놈의 캡틴.

아리엘은 즉시 주문을 캐스팅했다.

버티겠단 작전에 변동이 생겼음을 알았지만, 그녀는 강철의 말에 순순히 따랐다.

강철이 적을 향해 손짓하자,

"하아아아!"

아리엘이 스태프를 번쩍 들었다. 그러자 거대한 먹구름이 생겨나서는 손바닥만 한 얼음 창을 쏟아 냈다.

척!

적들이 우산을 쓰듯 방패를 치켜들어서 방어했지만,

쿵! 쿠웅! 쿠우웅!

움직임이 둔화되는 것까진 놈들로서도 어쩔 수 없는 모양이었다.

맹렬한 기세를 일단 한풀 꺾어 두는 데는 확실히 성공했다. 덕분에 놈들이 들이닥치기까지 조금 시간을 벌었다.

스윽.

강철이 놈들에게 몸을 날리려 할 때였다.

부우웅-!

사신 베인이 각오를 보인다는 투로 허공에 사이드를 휘둘렀다.

((난 너의 그림자다. 네가 가는 곳은 어디든 함께한다.))

끝까지 쫓아와 킬딸 하겠단 뜻은 아니겠지?

어쨌거나 사신이 같이 싸운다면 그건 그거대로 든든한 일이다.

그래, 이제 진짜 시작이다.

스윽!

강철이 당장이라도 튀어 나가려고 자세를 잡을 때였다.

"잠까- 안! 내게도 명령을 내려 주오!"

이것들이 진짜! 튀어 나가려는데 자꾸 붙잡아!

쿵쿵쿵쿵!

목소리가 먼저 들려왔고, 발소리가 뒤따랐다.

뒤를 돌아보니 스미든이 커다란 망치 하나를 들고 나타났다. 이번에도 금빛이었는데, 거기에 무지개 빛깔 테두리까지 둘러져 있었다.

15강이란 뜻이다.

"이건 심심해서 만든 건 아니고, 솜씨 좀 발휘한다고 만든 건데……."

상태창을 열어 보니 공격력이 4천을 넘어갔다.

강철이 2천대 후반이니까, 전투 경험만 없다 뿐이지 스펙 자체는 강철보다 훨씬 나았다.

강철은 기가 막힌 심정으로 스미든을 노려보았다.

♪

확실히 템은 끝내줬다.

스미든이 입꼬리를 바짝 올리며 자랑스러운 표정을 짓는 게 당연하다 싶을 만큼 훌륭한 수준이었다.

'저 템을 내가 든다면?'

곳곳에 붙은 거래 불가 옵션을 보며 아쉬운 마음에 입맛을 다셔야 했다.

강철이 착용 가능했으면 무쌍도 가능했을 거다.

왜 있잖은가. 일기당천, 혼자서 다 썰어 버리는 그거.

어쨌거나 저 템을 다루는 건 스미든의 몫이었다.

파바바밧!

저벅저벅! 쿵! 쿵!

놈들은 아리엘의 광역 마법을 뚫고 이곳으로 진군하는 중이었다.

"스미든."

강철의 부름에 스미든은 명령만 내려 달라는 듯 눈을 빛냈다.

"아리엘을 지켜."

"응?"

스미든은 의아하다는 듯 고개를 갸웃했지만, 강철의 결정이 그렇다면 따를 수밖에 없었다.

스미든의 방어력이라면 최전방에서 탱킹을 해야 옳지만, 그건 전투 경험이 있다는 가정하에서다.

평생을 장비만 두드린 그로서는 방어력이 아무리 높아 봐야 30초도 채 버티기 힘들다.

원래 전투란 게 그런 거다.

"아리엘이 마음 놓고 캐스팅을 할 수 있도록 그녀를 지켜, 꼭. 그렇게 믿어도 되겠지?"

강철의 목소리에 긴장감이 어려서일까?

아쉬워하던 스미든의 모습은 온데간데없고, 팡팡! 가슴까지 두들기며 '나한테 맡겨 두라고!' 비장한 표정을 지어 보이는 게 아닌가.

"어르신이 절 지켜 주시는 거예요?"

스태프를 든 채 주문을 쏟아 내던 아리엘이 잠시간 말을 붙였다.

"허허! 자네는 좋겠구만. 골든 나이츠의 호위를 받으니 말이야."

얼씨구? 무서워 벌벌 떨 땐 언제고, 골든 나이츠라는 낯 뜨거운 이름까지 생각해 둔 모양이다.

이름값을 하겠다는 듯 스미든은 후다닥! 그녀에게 향했다.

공격용으로는 처음 써 보는 망치를 들고, 다소 어정쩡한 폼을 하고서였다.

'그래, 잘한 거다.'

스스로의 결정에 만족한 듯 강철은 고개를 끄덕였다.

상황이 불리하다고 저런 양반까지 전장 한복판에 떨어뜨리는 건 아니다.

저런 폼으로 서 있단 상상만으로도 신경이 자꾸 쓰여 집중을 못할 거다, 강철은.

"할 수 있겠어?"

"이거 왜 이래! 나 골든 나이츠야!"

그래. 후방에서 아리엘을 지키는 정도라면.

템빨이 있으니 그 정도는 어찌어찌 해낼 수 있을 거다.

호인으로 살고 싶은 마음은 없다만, 남 등쳐 먹으며 살고 싶은 마음도 없었다.
 욕심이 들면 현실에 타협하지 말고!
 노력으로! 얻을 때까지!
 지금처럼 딱 불굴의 의지로 눈앞에 있는 20억을 버는 거다.
 "으아아아!"
 강철은 각오를 다지듯 함성을 내질렀다.
 그림자를 자처한 베인은 저런 것까지 따라 해야 되나 고민하는 눈치였고, 스미든은 아리엘을 반드시 지키겠다는 듯 눈에서 레이저를 뿜어 댔다.
 "광역 마법 거두고, 이제 마나 관리해!"
 강철의 명령이 떨어지기가 무섭게 아리엘은 다른 마법을 캐스팅했다. 회복 마법이었다.
 슝! 슈슝! 서거거겅!
 명령을 마친 강철은 사이드를 휘두르며 적들에게 달려갔다.
 하늘에서 떨어지는 얼음 창을 막느라고 놈들은 아직 방패를 머리 위로 치켜든 채였다.
 부웅!
 강철의 공격을 가까스로 피한 놈들도,
 쐐애애액! 뎅겅!

사신 베인의 일격까지 피할 순 없었다.

풀썩.

두 놈이 동시에 바닥에 쓰러졌지만 적들은 동요하지 않았다. 도리어 방패로 바닥을 쿵! 쿵! 찧으며 강철을 포위해 갔다.

저걸 휘두를 수나 있을까 싶은 대검을 한 손으로 거뜬히 들고 있는 놈, 침대 언저리에 있으면 더 어울릴 법한 사슬 채찍을 쥐고 변태처럼 입을 헤 벌리고 있는 녀석, 펜싱 칼 모양의 레이피어를 들고 강철의 목만 뚫어지게 보는 인간 등등.

놈들은 제 몸에서 뿜어져 나오는 은빛 아우라를 의식한 듯 더욱 촘촘히 섰다. 그래야 위용이 더해진다 생각한 모양이었다.

다구리 놓으러 온 새끼들이 폼은!

강철은 아랫입술을 꽉 물었다.

정신 차리자!

강철은 자신의 볼을 두드리는 대신,

"하앗!"

사이드를 휘둘렀다. 포위당하기 전에 먼저 상대 진형을 흐트러뜨리기 위해서였다.

부웅! 서거거겅!

'들어갔다! 응?'

분명 공격을 성공시켰건만, 갑옷에 기다란 자국만 남았다 뿐 놈들은 진군을 멈추지 않았다. 단박에 뚫어 내는 건 아무래도 무리인 모양이었다.

'카이얀'에서라면 정확히 데미지를 계산해서 된다 안 된다, 휘두르기도 전에 답이 딱 나왔겠지만 지금은 아니다.

일단 부딪쳐 가며 본인의 공격력이 상대의 방어력을 얼마나 뚫을 수 있는지 온몸으로 확인해야 하는 거다.

물론 저놈들이 그때까지 멍청한 얼굴로 기다려 줄 것 같진 않다만.

과연 그에 대한 답이라도 하듯,

부웅!

대검이 먼저 날아들었고,

푸슉!

레이피어가 빈틈을 노렸으며,

촤촤촤촤!

사슬 모양의 채찍이 퇴로를 막아 버렸다.

그 짧은 순간 강철은 판단을 해야 했다.

'다 피하는 건 욕심이다.'

막아도 데미지 다 들어올 거 같은 대검을 먼저 피했고, 그다음 사이드를 휘둘러 레이피어를 막았다.

퇴로를 막으며 들어오는 채찍은,

'그 정돈 맞아 줘야지! 별수 있냐!'

말은 그렇게 하면서도 강철은 사이드를 거둬서는 채찍이 날아오는 방향으로 휘두르려 했다. 그 전에 채찍이 먼저 강철의 허리를 후려치긴 했지만 말이다.

"크흑!"

피통이 1,183인데, 이번 공격으로 300이 깎였다.

앞으로 정타 3대면 죽는다는 뜻이었다.

"큭큭! 쥐뿔도 없는 놈이 까불었구만."

대검을 든 놈이었다.

채찍한테 맞았는데, 생색은 왜 저 새끼가 내지?

어쨌거나 진형을 깨부수려 튀어 나간 거였는데, 어느덧 놈들에게 포위를 당한 상황이었다.

이 정도면 방금 전 연속 공격 따위야 잽밖에 안 되는 거고, 스트레이트는 지금부터라는 건데?

'하! 새끼들, 네놈들도 보통은 아니라 이거지?'

이럴 땐 놈들의 생각대로 되지 않게 변수를 만드는 게 최우선이다.

강철은 주도권을 가져오기 위해서라도 먼저 사이드를 휘둘렀다.

거거거겅!

"느리구만."

대검이 단박에 들어와 사이드를 막아 세웠고, 그 틈을 역시나 레이피어가 파고들었다.

푸슉! 푸슉!

휘유우웅! 휘유우웅!

어느덧 활까지 날아드는 상황이었다.

화살을 보고 피할 수도 없는 노릇이라, 계속 움직여서 애초에 조준을 못하도록 하는 거 말곤 답이 없었다.

'젠장! 민첩이 조금만 높았어도!'

각성진화 덕분에 딜은 좀 나오는데, 하나도 안 찍어 둔 민첩이 지랄이었다. 피할 각이 보이는데도 깔끔하게 해낼 수가 없는 게 딱 그랬다.

활도 스치고, 채찍에도 스쳐서 당한 피해가 200쯤 되었으니, 이제 남은 피는 650가량이었다.

강철은 아리엘 쪽에 시선을 두었다.

뚝! 뚝!

그녀의 턱으로 땀이 방울져 있는 게 보였다.

웃는 얼굴의 그녀가 지금은 잔뜩 미간을 찌푸린 채 전투에 집중하고 있었다.

누가 뭐래도 더 많은 적을 상대하고 있을 테니까.

'이 정도는 내 선에서 해결한다.'

그때였다. 강철의 생각을 비웃기라도 하듯,

콰아앙!

섬뜩한 폭음과 함께 발아래로 커다랗게 연기가 피어올랐다.

이건 또 뭔 수작인가 싶어 얼른 사이드를 움켜쥐었건만, 적들은 한곳을 바라보고 있었다. 역시나 발아래였다.

느낌 안 좋은데?

과연 연기가 걷힌 곳으로 사신 베인보다 거대한 체구의 악령이 모습을 드러낸 게 아닌가?

놈의 머리 위엔 '인면수심의 발록'이라는 글귀가 떡하니 적혀 있었다.

그러니까 흑마법사의 소환수란 거고, 이 와중에 적이 하나 더 늘었단 뜻이었다.

염병!

흑마법사는 또 어디 있나 주위를 둘러봤을 때, 해골마 위에 앉아 흐뭇한 표정을 짓고 있는 놈 하나가 보였다.

쏙 들어간 볼에, 그보다 더 들어간 눈은 웃어도 강퍅함을 지울 수 없었다.

거기에 뱀 대가리 모양의 녹색 스태프가 더해지자, 이건 뭐 대놓고 나쁜 놈임에 틀림없어 보였다.

전투 중인데도 적들이 놈을 향해 꾸벅 고개를 숙였다.

별다른 설명이 필요 없었다.

띠링-!

['인면수심' S급 플레이어, 보상금 1억이 지급됩니다.]

흑마법사 랭커라던 그놈이었다.

쿵쿵쿵쿵!

찰스는 전에 없이 뛰었다. 자신의 걸음이 스피츠에게 조금이라도 도움이 될 수 있을 거란 희망 때문이었다.

컴컴한 굴 끝에 보이는 빛은, 그래서 자신에게 은총처럼 느껴졌다.

쿵쿵쿵쿵!

찰스는 그것을 움켜쥐고자 내달렸다.

잠시 뒤, 머리 위로 쏟아지는 햇살을 온전히 받아 낸 녀석은 묘한 표정이 되었다.

땅속에 숨어든 뒤 처음 맞는 햇살이었다.

찰스는 감상적이 되려는 마음을 붙들며 굴 바깥으로 머리를 빼냈다.

강철의 말마따나 그곳은 정말 마왕성이었다.

'그럼 녀석이 정말 마왕이라도 된단 말이야?'

귓말을 들었을 때만 해도 긴가민가했다.

물론 곡괭이질 하는 걸 떠올리면 보통 인간이 아니라는 것쯤 확신할 수 있겠지만, 아무리 그래도 마왕의 모양새는 좀 아니지 않은가.

세상 모든 마물을 발아래 둔 마계의 절대자를 가리켜 마왕이라 하는데.

'그런 지위에 있는 자가 왜 곡괭이를…….'

쿵쿵쿵쿵!

얼마나 내달렸을까?

도대체 여긴 왜 이리 넓은 건가, 의문이 들다 못해 어이가 없을 무렵이었다.

쿵! 쿵! 저벅저벅! 툭!

찰스의 다리가 서서히 멈춰 섰다. 배가 불룩 나온 사내를 발견해서였다.

'저자가 케인이겠구나!'

어서 무기고로 안내하라고, 거기서 마나 포션을 잔뜩 챙겨야 한다고, 그게 스피츠 님을 위한 일이라고 목구멍에서 쏟아지는 말을 어찌 정리할지 몰라 입만 쩍 벌린 그때였다.

"어… 어?"

찰스의 입이 다른 의미로 벌어졌다. 케인의 뒤로 보이는 거대한 그림자 때문이었다.

촤악! 촤아-악!

너무도 익숙한 날개 소리.

"주인님!"

찰스는 그 말을 토해 냄과 동시에,

쿵!

다리에 힘이 풀려 그 자리에 그대로 주저앉고 말았다.

[인면수심의 '발록'.]

발록이면 원래 마왕의 지배를 받는 놈 아닌가?

하기야 게임에서 그게 되면 흑마법사는 다 짐 싸야지…….

어쨌거나 발록이면 드래곤이랑 친구 먹는 놈이다.

그래서 그런가? 한눈에 보기에도 위용은 베인 이상이었다.

키는 3미터쯤 돼 보이는데, 고슴도치 가시처럼 등에 불을 달았다.

덩치보다 높이 치솟은 불을 보고 있노라면 여기가 화력발전소인가 싶을 지경이었다.

무기는 또 어떤가.

진공청소기의 플러그를 끝까지 뽑아 놓은 양 말도 안 되게 긴 채찍을,

쒜액! 쒜액!

수족 다루듯 잘도 휘둘러 댔다.

그냥 채찍이면 말을 안 하게? 뭔 놈의 것이 불줄기를 훅훅 뿜어내는 게 아닌가?

마치 제 등에 있는 불을 끌어오듯…….

후- 욱! 후- 욱!

적이지만 위용은 정말 대단했다.

숨을 쉴 때마다 머리끝에 난 두 갈래의 뿔이 위아래로 들썩하는 것도 살벌했고, 놈이 화라도 낼라 치면 등에 있던 불이 온몸으로 번지는 것도 장난 아니었다.

'내가 이놈이랑 싸워야 된다, 이거지?'

허허허!

헛웃음이 절로 나왔다.

근데 웃긴 건 '소환수도 잡으면 돈 나오나?' 하는 생각도 같이 들었다는 거였다.

'나도 참 어지간하구나.'

강철이 멋쩍은 미소를 지어 보일 때였다.

퍼엉!

느닷없는 폭음과 동시에 발록의 대가리에서 연기가 펄펄 피어났다.

쿠오오!

발록이 허공에 괴성을 질러 댔다. 놈은 채찍으로 어딘가를 가리켰고, 눈으로 그것을 따라가 보자 스태프를 번쩍 들고 있는 아리엘이 보였다.

그녀가 발록의 머리통에 큰 거 한 방 갈긴 모양이었다.

"저놈을 바로 소환할 줄은 몰랐어요."

아리엘은 인면수심을 쏘아보며 말을 이었다.

"발록이라면 흑마법사 최고의 소환수예요. 마력 소모가 엄청날 테니 당분간은 저쪽도 별수 없어요."

추가의 소환수나 주문, 저주 따위는 없을 거란 뜻이었다.

아리엘은 스태프를 더욱 높이 들어 올렸다. 언제고 마법을 캐스팅할 준비가 되어 있다는 듯이.

그녀는 어서 명령을 내려 달라며 두 눈을 빛냈다.

그건 망치를 움켜쥔 스미든도 마찬가지였다.

죽어라 혼자 게임하던 카이얀에서와는 달리, 동료들이 생긴 기분이었다.

"아리엘!"

그녀는 스태프를 움켜쥐는 것으로 답을 대신했다.

"내가 발록을 맡을 테니, 잔챙이를 맡아 줘."

"예?"

아리엘이 가뜩이나 큰 눈을 더욱 크게 떴다. 발록을 상대하는 건 당연히 자기 몫이라 여긴 모양이었다.

"잔말 말고, 잔챙이들 노려! 지금 당장!"

"하아아아!"

불타는 정의감 따위 아니다. 여자에 대한 배려 따위 더더욱 아니다.

광역 스킬이 있는 아리엘이 다수의 적을 상대하는 게 훨씬 효과적이라 그랬을 뿐이다.

그녀는 벌써 캐스팅을 완료했다.

그래! 이제 어떻게든 발록만 상대해 내면 되는데.

<u>스으으윽!</u>

((그림자가 빠질 수 없지.))

언제 왔는지 베인의 로브가 눈앞에서 들썩이는 게 보였다.

생긴 거랑 안 어울리게 이건 또 뭔 의리야?

쿵쿵쿵쿵!

뒤질세라 스미든도 달려왔다.

"대장! 골든 나이츠는? 손가락이나 쭉쭉 빨고 있으라, 이거요?"

어쩌다 보니 강철을 중심으로 사람들이 모여들게 되었다.

강철로선 난생처음 해 보는 파티 플레이였다.

제2장

어디 한 번 같이 가 보자

렙업하는 마왕님

모르던 거 알게 됐다. 발록이 채찍을 휘두르면 피해도 엄청 아프다는 거다.
'좋은 거 배웠다. 쓰벌!'
분명 피했는데, 왜 불구덩이에 들어갔다 나온 기분이지?
강철은 저도 모르게 베인을 바라봤다.
"어때? 상대할 만해?"
((사신에겐 두려운 게 없다.))
말은 그렇게 하면서도 채찍 날아올 때 제일 먼저 피하더라.
또 온다!
채찍 길이만 계산하고 피했다간 아까처럼 화염에 훅 간다.

다다다다! 쫘악!

이번엔 도망치듯 달려가서 3미터쯤 거리를 뒀는데도,

화아아!

팔뚝 언저리가 다 후끈거렸다.

염병할! 위험한 정도는 아니지만 피통이 조금씩 줄어들었다.

쿠와아앙!

등에서 시작한 불덩이를 온몸에 두른 발록이 마치 강철을 죽이기라도 한 것처럼 포효해 댔다.

염병! 불꽃 축제도 아니고!

'하여간 진짜 괴물 새끼는 괴물 새끼네!'

그나마 다행인 건 아무리 발록이라도 공격 직후에 빈틈이 생긴다는 거였다. 물론 불 쇼를 펼치는 놈에게 달려드는 데는 분명 용기가 필요했지만 말이다.

아리엘이라면 혼자서 감당할 수준일 거다. 마나 쏟아부으면 가능하다는 거 강철도 잘 안다. 그런데 그렇게 하다 마나가 바닥나면 남은 병력을 감당할 방법이 없는 거다.

"좋아! 다시 해 보자!"

강철이 발록을 맡겠다고 나선 건 그 때문이었다.

쿠와아앙!

발록이 불길을 뿜어내며 오만하게 포효했다.

아리엘을 향해 달려들던 유저 놈들은 그런 발록에게서 사기를 올리는 것 같았다.

이왕이면 이 불덩이를 빨리 치우고!

강철은 이를 악물고 사이드의 손잡이를 꽉 움켜쥐었다.

한 가지 걸리는 게 있다면 염병할 발록을 상대하느라 두 당 20만 원짜리 유저들을 못 썬다는 건데, 잘못하면 이기고도 돈 한 푼 못 벌고 헛지랄한 꼴이 된다.

"무슨 일이 있어도 유저들도 썰어 준다."

강철은 독하게 마음먹었다.

비록 문 닫기는 했지만, 그래도 카이얀에서 최고 실력자가 아니었던가!

강철은 빠르게 주변을 훑어보았다. 막타 칠 놈 없을까 싶어서였다.

요거 몇 번 성공하면 발록 상대하는 틈틈이 돈도 챙기는 거다!

크와아아아아!

"시끄러워! 이 개쉐야!"

강철은 곧바로 발록에게 달려들었다.

불길에 다가가자 숨이 턱턱 막혔지만, 저 불구덩이 속에 돈이 있다고 생각했다.

그냥 그렇게 해서라도 물러서고 싶지 않았다.

강철을 따라 베인이 무섭게 달려들었다.

부웅!

강철이 발록의 대가리를 노렸고,
쐐애액!
강철의 의도를 알아챈 베인은 놈의 다리를 노렸다.
크와아아아!
퍼억! 퍼어억!
멋지게 사이드가 꽂혔다.
강철이 혹시나 할 때였다.
크와아아아아!
목과 다리에 사이드를 박은 놈은 전혀 충격을 받지 않은 것처럼 포효했다.

그리고 그 직후에 발록의 불타는 두 주먹이 강철과 베인을 향해 날아들었다.

빠져나가기에는 너무 늦었다.
피통도 부족하고.
'염병! 결국 이렇게 끝나는구나!'
뭘 지랄 났다고 레벨도 안 되는데 나서서는 벌어들인 돈만 날린 거지!

강철이 발록의 주먹을 노려볼 때였다.
"하아아앗!"
아리엘의 고함이 커다랗게 들렸다.
그리고…
콰아아아앙!

섬뜩한 폭발음과 함께 불꽃이 사정없이 튀었고, 발록이 서너 걸음 뒤로 밀려나고 있었다.

얼음 창이었다.

폭발과 함께 떨어져 나온 강철은 일단 몸을 빼내고 시선을 돌렸다.

급하게 마법을 캐스팅한 여파 때문인지 아리엘이 스태프를 가슴에 안고 있었고, 그 앞을 막아선 스미든이 미친 듯이 망치를 휘두르고 있었다.

크와아아앙!

주춤하던 발록은 꺼진 불을 다시 살렸고,

"지금이다! 밀고 가라!"

20만 원짜리 유저들이 아리엘을 향해 달려들고 있었다.

이대로는 무조건 다 죽는다.

"뒤로 물러나!"

강철이 짧게 고개를 돌리고 고함을 지른 직후였다.

마법 캐스팅 전이면 항상 스태프를 높게 들던 아리엘이 그것을 꼭 안은 채 주문을 외우고 있었다.

"뭐해! 일단 피하라고!"

강철이 다가오는 발록을 피해 두 걸음을 물러난 순간이었다.

"지금이에요!"

주문을 외우던 아리엘이 커다랗게 고함을 지르며 안고 있던 스태프를 높게 들었다.

그아아아아아아!

멀리서 해일이 밀려오는 듯한 섬뜩한 소리가 터져 나왔고,

화아아악!

눈이 멀 것처럼 강렬한 광채가 쏟아졌다.

강철이 모로 튼 눈을 팔뚝으로 가릴 때…

쩌저저적!

먼저 땅이 갈라졌고,

휘이익! 휘익! 휘이익! 휘이익!

하늘에서 불덩이가 떨어졌으며,

크응! 크으응! 크응!

대가리가 3개쯤 되는 드래곤인지, 키메라인지 모를 놈이 땅을 비집고 튀어나왔다.

카아아아아아!

놈들은 얼음덩이를 사방으로 뱉어 냈고,

쏴아아아-!

주둥이를 벌려 폭풍 같은 바람을 일으켰다.

그리고 아리엘이 두 번째로 하늘을 향해 양팔을 뻗자,

콰직! 콰지직! 콰지직! 콰직!

셀 수도 없는 낙뢰가 사방으로 내리꽂혔다.

유저 랭킹 1위 마법사의 위력이 유감없이 발휘된, 말 그

대로 종합 선물 세트 같은 공격이었다.

레비아탄의 스태프를 든 사람만이 누릴 수 있는 권능에 적들은 속수무책이었다.

기운을 완전히 잃은 듯 아리엘이 휘청거렸다.

'지금이에요. 뒤를 부탁해요.'

이 기회를 놓치면 강철이 아닌 거다.

척!

강철은 얼른 인벤토리창에서 검 하나를 빼 들었다. 권경우에게서 약탈한 13강 바스타드 소드였다.

소드 숙련도가 딱히 없어서 경매장행이 예정된 템이었지만, 이럴 땐 충분히 쓸모가 있어 보였다.

강철은 피가 빠져 있는 놈을 향해 냅다 칼을 던졌다.

우선 기운을 잃은 아리엘을 지킨다.

슈우우웃! 푸욱!

"크헉!"

게다가 강철이 잡으면 돈 나오고, 전투 끝나면 템도 얻는다.

"스미든!"

"알았네!"

아리엘을 지키겠다는 의미는 분명했다.

그 순간이었다.

촤아아!

틈을 노린 발록의 채찍이 날아왔다.

쐐애애액!

강철은 몸을 날려 사이드를 휘둘렀고,

촤- 악!

사이드에 맞은 채찍이 옆으로 비틀렸다.

"크흑!"

강철은 이를 악물며 몸을 세웠다.

아리엘의 마법에 힘이 빠진 놈을 상대하는 건데도 정말이지 쉽지 않은 놈이었다.

피통은?

강철은 3백 조금 넘는데, 발록은 아직 4천이나 남았다.

그때 강철의 눈에 포션을 처마시는 유저들이 들어왔다.

굵직한 놈들이라기보다는 잔당들이 힘 빠진 아리엘을 노리겠다는 것처럼 보였다.

'이렇게 되면 이판사판이다!'

강철은 사이드를 양손으로 움켜쥐고,

"으아앗!"

해머던지기를 하듯 빙빙 돌아서는 유저 놈들을 향해 날려 주었다.

쐐애애액!

확실히 사이드는 칼과 비교할 수 없는 위력을 발휘했다.

한 번 회전할 때마다 서너 명씩의 유저가 바닥에 널브러졌고, 삽시간에 열댓 명이 우수수 쓰러져 버렸다.

"크와아아아아!"

강철은 있는 힘껏 유저들이 자빠진 곳을 향해 달렸다.

쌔애애애애애액!

강철의 등을 노리고 발록의 채찍이 날아오는 순간,

휘익!

강철은 잽싸게 바닥에 떨어진 사이드에 몸을 던졌다.

촤악! 촤아악! 촤악! 촤아악! 촤악!

발록의 채찍은 엉뚱하게도 힘이 빠졌던 유저 놈들을 덮쳤고, 그들의 몸뚱이를 두 갈래로 갈라 버렸다.

강철의 사이드에 죽은 놈들은 정확하게 열일곱! 현금으로 340만 원이었다.

그러나 강철이 정작 노린 것은 그것이 아니었다.

꿀꺽! 꿀꺽!

강철은 사이드에 죽은 놈들의 포션을 닥치는 대로 입에 털어 넣었다.

포션을 부어 넣자 피통이 가득 찼고, 얼결에 340만 원을 챙겼다는 생각이 들자 덩달아 투지까지 피어올랐다.

그때였다.

쿵쿵쿵쿵!

애꿎은 유저들만 잡아 죽여서였을까? 채찍을 감아 든 발록이 강철을 향해 달려들고 있었다.

해골마에 탄 흑마법사, 인면수심이란 놈이 조종한 모양이었다.

인면수심 역시 기회를 놓치지 않겠다는 것처럼 아리엘을 향해 맹렬히 다가왔다. 그러면서 놈은 녹색 뱀 대가리 모양의 스태프를 번쩍 들고는 주문을 외워 댔다.

발록은 코앞에 있고, 아리엘은 힘을 회복하지 못했으며, 인면수심은 주문을 외우는 상황이었다.

"뭐해!"

강철은 베인을 향해 버럭 고함을 지르며 사이드를 움켜쥐었다.

"아리엘! 아리엘을 지켜!"

강철의 지시가 떨어진 직후였다.

놈의 주문이 끝나는 그 순간에 뜻밖에도 강철의 머리 위로 악령의 문양이 떠올랐다.

[저주-악튜러스의 분노.]

[상태 이상에 빠졌습니다.]

[이동에 제한을 받습니다.]

젠장! 발에 감각이 사라져 갔다.

강철의 움직임을 묶어, 발록이 해결하도록 하겠다는 교과서에 나올 법한 패턴이었다.

아니나 다를까. 발록이 강철을 향해 똑바로 달려왔다.

제발! 쫌! 쫌!

강철은 사이드로 자신의 발등을 미친 듯이 내리찍었다.

이런다고 저주 안 풀리는 거 아는데, 그렇다고 그냥 멍청히 서 있다가 뒈질 순 없어서였다.

이렇게 끝나는 건가?

눈앞으로 다가온 발록이 커다란 동작으로 오른쪽 손을 뒤로 젖히는 순간이었다.

"하아아앗!"

아리엘의 고함과 동시에 돌덩이 같던 발에 감각이 살아났다.

타앗!

강철은 있는 힘껏 몸을 날렸다.

부우- 웅!

그리고 여유만만하게 날아들었던 발록의 주먹이 방금 전까지 강철의 머리가 있던 허공을 갈랐다.

후다닥!

바닥을 굴러 발록에서 떨어진 강철은 휙 아리엘에게 시선을 주었다.

그녀는 스태프에 기댄 채 겨우 서 있었다.

포션으로 겨우 얻은 마나를 강철의 저주를 푸는 데 사용해 버린 모양이었다.

강철이 발록의 공격에 대비해 자세를 잡았을 때였다. 인면수심과 발록은 강철을 외면한 채 앞으로 달렸다.

쌔액!

게다가 발록은 지금껏 감고 있던 채찍까지 풀어냈다. 말할 것도 없이 아리엘을 잡겠다는 의미였다.

발록의 채찍이 어디를 가리키는지 보면 알 수 있었다.

"젠장!"

지금이라면 아리엘은 일반 유저 하나 상대하기 힘든 상태일 게 분명했다.

"와아아-!"

스미든이 되지도 않는 고함을 지르며 버티고는 있지만, 상대는 발록과 인면수심이었다.

"베인! 스미든!"

강철은 있는 대로 고함을 질렀다.

"인면수심을 막아!"

강철의 지시가 떨어지기 무섭게 번개처럼 몸을 날린 베인이 사이드를 휘둘렀다.

슈욱! 쩍!

인면수심은 예의 뱀 대가리 모양의 스태프를 휘둘러 베인의 사이드를 막았다.

털썩!

인면수심의 저주 때문인지, 그 한 번의 충돌에 오히려 베인이 나가떨어졌다.

아리엘의 앞에 남은 것은 금빛의 스미든뿐이었다.

"우오오오!"

그는 해골마의 다리를 노리고 금빛의 망치를 휘둘렀다.

특별한 작전이라기보다는 키가 작은 그로서 최선의 공격을 한 것처럼 보였다.

그러나 말은 앞다리를 번쩍 들어 어처구니없을 정도로 가볍게 망치를 피했고, 뒤이어 인면수심이 공격 스킬을 날렸다.

"으으윽!"

강철은 이를 악물고 발록을 향해 달렸다.

레벨이나 죽음, 돈 따위 생각하지도 못했다.

정말이지 돈을 생애 최고의 목표로 생각하던 강철에게는 처음 있는 일이었다.

"아리엘!"

강철의 고함에 그녀가 겨우 시선을 들었다.

도망도, 반격도 불가능해 보였다.

맷집 좋은 스미든이 인면수심의 공격을 온몸으로 견뎌 내고 있다는 것이 그나마 다행이었다.

이럴 때 포션이라도 마셔야 하잖아!

그런 그녀의 상태를 모르는바 아니지만,

"정신 차려! 버텨!"

강철은 있는 대로 소리를 지른 뒤, 발록에게 달려들었다.

퍼억! 퍼억!

팔을 타고 어깨에 매달린 강철이 겨드랑이를 열심히 걷어

챘건만, 놈은 눈길도 주지 않았다.

강철을 떼어 내기 위해 자세를 트는 그 시간도 아깝다는 양, 놈은 오로지 아리엘만 바라봤다.

"아리엘! 정신 차리라고!"

그녀는 답이 없었다. 강철은 발록의 어깨를 밟고 놈의 머리 위로 뛰어올랐다.

"차라리 날 공격하라고! 이 새끼야!"

쿠웅! 쿠웅! 쿠웅!

젠장!

걸음이 조금도 늦춰지지 않자 강철은 다급한 마음에 놈의 머리로 사이드를 내리꽂았다.

"아리엘이 살아야!"

슈욱!

"전투를 이기고!"

슈욱!

"번 돈을 손에 쥐는데!"

슈욱!

그런데 왜! 딜이! 안 들어가는 거야!

이렇게 열심히 휘두르는데! 왜! 왜!

강철의 노력이 가상했던 걸까?

스태프에 의지해 겨우 서 있던 아리엘이 이내 그것을 품에 안았다. 각성 스킬을 쓸 때와 같은 자세였다.

스킬을 또 쓰겠다는 거야? 마나가 바닥났는데?

쿵쿵쿵쿵!

그녀가 눈을 감고 조용히 숨을 고르는 동안 발록은 그녀를 향해 미친 듯이 내달렸고, 인면수심은 스미든을 쓰러트리기 위해 발악처럼 양팔을 휘둘러 댔다.

그때였다.

콰직!

스미든이 결국 뒤로 넘어지고 말았다.

발록 역시 채찍만 휘두르면 아리엘을 쓰러트릴 수 있을 거리까지 다가가 있었다.

"끝이로구나!"

승리를 직감한 모양인지 인면수심의 입에서 탄성이 터져 나왔다.

젠장! 젠장! 젠장!

강철은 끝까지 발록의 머리 위로 사이드를 내려찍었지만,

쐐애애액!

놈은 기어코 채찍을 내뻗고야 말았다.

놀라운 일은 그때 벌어졌다.

"하아- 아앗!"

지금껏 겨우 서 있던 아리엘이 고개를 번쩍 들며 상상조차 하지 못했던 놀라운 고함을 질렀다.

그리고 그 순간, 세상의 모든 것이 멈춘 듯했다. 죽일 듯

달려들던 인면수심도, 채찍을 휘두르던 발록도, 쓰러진 스미든도 동상처럼 그대로 굳어 있었다.

  금빛 머리칼을 가닥가닥 하늘로 뻗어 올린 아리엘이 아련한 눈빛으로 강철을 보았다.

"모든 일의 시발점은 이것이겠지요."

  말리고 싶었다.

  저게 무엇을 의미하는지는 모르지만, 강철은 지금의 아리엘을 말려야 한다고 생각했다.

  강철에게서 시선을 가져간 아리엘은 굳은 얼굴로 스태프를 높게 들었다.

  으르르르릉!

  하늘과 땅이 그 순간에 울리기 시작했고,

  파바밧!

  그 직후에 그녀의 스태프에서 눈부신 빛줄기가 쏟아졌다.

  그리고…

  쩍! 쩌저적!

  그녀의 스태프가 산산조각 난 순간,

  파바바밧!

  보이는 모든 세상이 빛으로 물들었다.

눈이 멀 것처럼 강렬한 빛이었다.

강철은 모로 틀었던 고개를 억지로 들고 악착같이 앞을 살폈다.

온통 빛에 싸였던 세상이 천천히 어둠에 잠혀 먹는 것처럼 시커멓게 변했다.

그리고 다시 강철의 시야로 사물들이 하나둘 그려지기 시작했다.

강철은 가장 먼저 아리엘을 찾았다.

그녀는 무릎을 꿇고 있었다. 그런 그녀의 눈이 바닥에 널브러진 스태프 조각들을 향해 떨어져 있었다.

아리엘을 유저 랭킹 1위로 만들어 준 아이템이었다. 지금 산산조각 나 그녀의 발 앞에 흐트러진 것들이 말이다.

"끄응!"

강철은 힘겨운 몸을 일으켜 아리엘을 향해 걸었다. 스펀지를 밟은 듯 발이 푹푹 빠지고, 그래서 세상이 좌우로 크게 흔들리는 느낌이었지만 걸음을 멈출 수는 없었다.

바닥에 주저앉은 스미든은 이제야 주위를 두리번거리고, 사신 베인은 힘겨운 몸짓으로 사이드를 거둬들였다.

인면수심과 발록, 길드의 잔당까지.

역병이 휩쓸고 간 자리처럼 바닥엔 시체들이 즐비했다.

강철의 발소리를 들은 아리엘이 시선을 들었다.

레전드리 템을 희생하느니, 죽어서 페널티를 받는 편이

백번 나왔을 거다.

 그 페널티가 어떤 것이라도, 레전드리 템이라면 그 모든 걸 상쇄하고도 남았을 테니까.

 왜 그랬냐고 묻고 싶었다. 그렇지만 지금은 그런 한가한 질문을 할 때가 아니었다.

"후우."

 강철이 한숨에 궁금함과 답답함을 털어 냈을 때였다.

 벌떡! 쿵쿵쿵!

 스미든이 다급한 얼굴로 아리엘에게 달려왔다.

 그녀를 지키기 위해 정신없이 뛰었던 스미든이다.

 난생처음 해 보는 전투를 S급 흑마법사와 했으니, 고생도 그런 고생이 없었으리라.

"괜찮나?"

 그의 굵직한 음성에 걱정이 한껏 담겨 있었다.

"여길 떠나야 돼요."

 아리엘은 억지로 몸을 일으켰다.

"다른 적들이 더 올 수도 있어요."

 전설의 템을 날린 직후이건만, 그녀는 이런 순간까지 동료들을 걱정했다.

 이런 게 진짜 파티 플레이라면? 이들이 강철과 함께하는 파티원들이면?

 강철은 달려드는 생각들을 털어 내고 주변을 둘러보았다.

"베인, 혹시 모를 적들이 더 있는지 결계에 가 서 있어."

((나는 너의 그림자이지, 부하가 아니다.))

그냥 확 소리를 꺼 버릴까?

강철의 눈빛이 번득였던 모양이었다.

((오늘 같은 날은 해가 좋으니 그림자가 길게 드리워도 괜찮겠군.))

나름 츤데레 콘셉트로 설계됐나 보다.

베인은 돼먹지 않는 말을 꺼내고는 결계 앞으로 움직였다.

제 딴에는 폼 좀 잡았다.

그러나 하늘에 붕 떠 있는 더럽게 덩치 큰 해골이 로브 둘러쓰고, 사이드 들고 있는 폼은 영락없이 호러 영화의 한 장면과 다름없었다.

((침입자는 개미 새끼 한 마리 보이지 않는다.))

불평처럼 투덜거린 베인이 결계 밖을 향해 시선을 주었다.

"들었지? 당장은 움직이기 어려우니까 잠시라도 쉬어."

강철의 말에 아리엘은 '후우!' 작게 한숨을 내쉬었다. 그러고는 스미든의 부축을 받으며 다시 자리에 앉았다.

"지금은 아니어도 자리를 옮겨야 할 거예요."

"아니, 우린 여기서 쉬어야 할 이유가 있어."

강철의 표정이 이전과 달리 워낙 진지해서 아리엘은 물론

이고 스미든조차 다른 말을 하지는 못했다.

 강철은 교과서에 나오는 그림 속에서 이삭을 줍는 아주머니들처럼 열심히 허리를 숙였다.
 아이템이다! 아이템!
 '아까 분명 사이드 던져서 꽤 많이 잡았는데?'
 다른 놈은 모른다. 그러나 직접 잡은 놈들의 템만큼은 확실히 약탈할 수 있을 거였다.
 최소 13강씩이다.
 들어는 봤나? 13강?
 그거 다 건지면 못해도 1억은 확보한다.
 그런데 어쩐 일인지 아무리 뒤져도 뒈진 놈들 주변에는 재만 잔뜩 쌓여 있고, 눈을 부릅떠서 살펴도 아이템을 찾을 수는 없었다.
 강철은 혹시나 싶어 손으로 바닥을 파 보기도 했다. 게임인데도 손톱이 빠질 듯 아팠다.
 그러나 강철은 포기하지 않았다.
 '땅에 1억 떨어졌다! 이걸 안 찾을 놈 있겠냐!'
 하지만 아무리 뒤져 봐도 아이템이 있어야 할 자리엔 재만 나올 뿐, 강철은 아무것도 건진 것이 없었다.
 염병!
 레비아탄의 스태프에서 쏟아진 빛이 주변의 템을 홀랑 태워 먹은 모양이었다.

'레비아탄 이 개⋯⋯!'

템 만들 때 뭐한다고 이런 옵션은 처넣은 거냐!

템을 부수는 희생이 얼마나 숭고한지는 잘 알겠는데, 그렇다고 굳이 남의 템까지 태워 먹을 건 없는 거 아니냐!

이 멍청한 드래곤 새끼!

강철은 분노의 눈길로 하늘을 노려보았지만, 그런다고 사라진 템이 돌아오는 건 아니었다.

멀리서 아리엘이 걱정스러운 눈으로 바라보는 앞이다. 고개를 돌린 강철과 그녀의 시선이 마주쳤다.

'내가 정신이 나갔었나?'

고작 게임이다. 그것도 강철에게는 두 번 다시 만나기 어려운 돈을 벌 수 있는 게임.

그런데도 아까 상황에서 아리엘의 희생이 헛되지 않도록 싸우려고 덤볐었다.

돈보다야 함께했던 사람?

말은 좋다! 너무나도 아름다운 말인데! 잘못됐으면 그동안 번 돈 다 날아갔던 거 아냐?

'진짜 엿 될 뻔했구나.'

강철은 가슴을 쓸어내렸다.

'그래도 살아 있는 게 어디냐?'

그러곤 속으로 다짐했다.

게임 왜 하는지 잊지 말자.
돈이다! 돈! 돈!
초심 잃으면 답도 없는 거다!
강철은 반드시 명심하자는 듯 부드득! 이를 갈았다.

↪

천장을 뚫고도 남을 크기의 드래곤이 아래를 굽어보았다.
놈이 한복판에 자리하자, 그 큰 마왕성이 좁아 보일 지경이었다.
"주인님을 뵙습니다."
찰스는 머리를 조아렸다.
그가 감동에 젖어 고개를 처박은 한쪽에서, 케인은 이게 대체 무슨 상황인가 하고 어리둥절한 얼굴이었다.
찰스를 힐끔 본 스피츠가 천천히 고개를 돌려 케인을 바라보았다.
《기억이 있느냐?》
"예?"
케인도 눈치가 있다.
레드 드래곤 중에서도 이 정도로 압도적인 위용을 뿜어내는 건 마룡 스피츠밖에 없다.
한마디로 이 세계의 절대자가 나타나서 질문을 던지고 있는 거였다. 그것도 앞뒤 뚝 자른 뜬금없는 질문을 말이다.

케인은 꿀꺽 침을 삼켰다.

"무슨 말씀인지요?"

《이전의 기억이 있는지 물었다.》

"예?"

케인은 당최 무슨 말인지 감이 잡히지 않았다.

그 순간이었다.

화아아악!

케인의 멍한 표정을 본 스피츠는 말 대신 날개를 활짝 폈다. 마왕성을 죄 감쌀 것처럼 드넓은 날개였다.

그오오오-!

그 직후에 스피츠에게서 알 수 없는 기운이 뿜어져 나왔다.

분명히 느낄 수 있었지만, 케인은 그 기운이 어떤 것인지는 설명할 수 없었다. 아우라같이 영롱하기도 했고, 안개처럼 모호하기도 했다.

기운은 삽시간에 엄마의 품과 같은 포근함으로 케인을 감쌌다. 케인은 잠드는 것처럼 눈을 감았다.

잠시 뒤,

번쩍!

케인이 스르륵 감겼던 눈을 뜨는 순간에 그의 눈에서 강렬한 기운이 뿜어져 나왔다가 바로 사라졌다.

스피츠는 만족한 듯 날개를 접었다. 짧은 침묵이 마왕성을 스치고 지난 다음이었다.

"어쩐지 마왕이란 말이 입에 쫙쫙 붙더라니."

케인은 한탄하듯 혼잣말을 내뱉었다.

"이상하게 처음 볼 때부터 잘 보이고 싶더라니까?"

그는 먼 곳을 바라보는 것처럼 시선을 저 멀리에 두었다.

"마왕성이 내 집같이 편할 때 알아봤어야 했는데 말이지."

거기까지 뱉은 케인은 고개를 슥 들어 스피츠를 바라봤다.

"엄밀히 따지면 난 그쪽이랑 같은 레벨 아뇨?"

스피츠는 답이 없었다.

그러거나 말거나.

"나도 카이얀에서는 마왕이었으니, 이게 족보 따지면 항렬이야 얼추 비슷할 거 같은데?"

케인의 말이 떨어진 직후였다. 반응은 엉뚱한 데서 날아왔다.

"어디서 감히 그따위 말버릇을 보이는 게냐!"

찰스의 고함이 마왕성을 터트릴 것처럼 터져 나왔다.

머리보다 더 큰 팔뚝을 가진 찰스다.

'마왕 시절이었으면 팔뚝이고 지랄이고 바로 주먹 날아갔을 텐데!'

이걸 그냥 내질러? 아니면 참아?

마왕 시절을 떠올린 케인이 눈을 부라렸다. 하지만 둘의 분위기는 오래가지 못했다.

《이곳을 찾은 이유가 있을 텐데.》

"아, 예!"

스피츠의 질문이 들려왔고, 찰스가 얼른 고개를 떨궜기 때문이었다.

찰스는 퍼뜩 이곳에 온 이유를 떠올렸다.

"마나 포션! 마왕이 마나 포션을 잔뜩 들고 오라고 했소!"

"그분이 그걸 왜?"

"일단 챙기기부터 하쇼. 늦어서 많이 화났을 거요."

"마왕님이? 화가 나셨다고?"

카이얀 서비스 종료할 때도 저 정도는 아니었던 케인이었다.

"포, 포션을 챙겨 오라고 하셨다, 이거지?"

그러나 지금의 케인은 당황한 얼굴로 얼른 무기고를 향해 달렸다. 그의 바로 앞에 있는 스피츠보다 마왕인 강철의 명령이 훨씬 중요하다는 듯한 태도였다.

꼬꼬

지이잉!

포탈이 열리고 케인의 모습이 떠올랐다.
왜 그런 거 있잖나.
재활용품 담아 두는 진짜 큰 주머니.
사람이 못 옮겨서 트럭에 넣을 때도 기계가 따로 싣는 거 말이다.
케인은 정말이지 그만큼이나 커다란 주머니를 4개나 들고 왔다.
마나 포션, 힐링 포션, 민첩 포션, 해독 포션.
뭐가 필요할지 몰라 종류별로 다 들고 온 게 분명했다.
에이! 미련하고 둔한 새끼!
척 봐도 놈은 그게 왜 미련한 짓인지 모르는 눈치였다.
엄청난 주머니에 깔린 것처럼 나타난 케인은 힐끔거리며 강철의 눈치를 살폈다.
카이얀에서 정말 성깔대로 산 놈이다, 강철은.
그런 강철이 늦으면 가만 안 둔다고 했었단다.
강철의 성격을 빤히 아는 케인은 그의 성질을 건드리지만 않을 수 있다면 이깟 주머니 4개쯤 못 들 것도 없었다.
"마왕니임!"
케인은 짐에 깔린 듯한 꼴로 달렸다. 그러고는 축구 선수가 세레모니 하듯 달려가다 그대로 무릎을 꿇었다.
잔디였으면 쭉 미끄러져 그림 나왔겠지만, 여긴 흙바닥이었다.

철퍼덕! 콰다당!

그 바람에 등에 지고 있던 자루들이 앞으로 쏟아져 버려서, 케인은 무릎을 문지르다 말고 굳은 표정이 되었다.

"뭐하냐?"

"죽을죄를 지었습니다!"

멋지게 대사를 뱉어 낸 케인의 얼굴이 하얗게 변했다.

'아차! 저 양반은 죽을죄 지었다고 하면 진짜 죽이는데?'

카이얀에서 강철에게 허락된 말은 '살려 주세요.' 뿐이었다.

뭐, 그런다고 살려 줄 강철도 아니었지만 말이다.

케인이 무릎을 꿇은 채 고개를 뚝 떨구었을 때였다.

"얼른 안 일어나?"

강철의 그르렁거리는 소리가 들렸다. 뜻밖에도 화가 많이 난 건 아닌 듯했다.

이 기회를 놓칠 만큼 케인도 멍청이는 아니었다.

"죄송합니다!"

"에이! 모지리!"

강철은 케인이 들고 온 주머니들을 열어 힐링 포션과 마나 포션을 몇 개씩 챙겨서는 아리엘에게 향했다. 그리고 당연하게 포션을 건넸다.

"마, 마왕이었어요?"

그녀가 강철을 향해 놀란 얼굴을 하고 있었다. 가뜩이나 눈이 큰 아리엘이라 그런지 지금은 눈만 보였다.

그건 스미든도 비슷했다.

"마계에서 온 줄이야 알았지만, 마왕은……."

아직까지 결계 앞에서 보초를 서고 있는 베인의 표정은 알 길이 없었지만, 저놈은 뭐 사신이니까.

언제나 솔플만 했던 강철이다. 무언가를 같이한다는 게 그래서 오히려 어색하고 불편하다.

됐다. 이렇게 멋지게 한번 싸워 본 거, 이번 한 번이면 충분한 거다.

마왕이라 싫다면 여기까지다.

그냥 게임하다가 좋은 경험쯤 했다고 치면 되는 거지.

강철이 손을 거두려는 순간이었다. 아리엘이 손을 뻗어 강철이 쥐고 있던 포션을 받았다.

"혹시 마왕성 같은 것도 있어요?"

그리고 아리엘의 질문도 날아들었다.

"그런 게 있음 진짜 좋을 텐데. 거긴 길드 놈들이 못 쫓아올 거 아녜요."

갑자기 이게 무슨 소리지?

"자네가 내 수제자이니, 그럼 나는 마왕의 스승이란 말인가?"

심지어 스미든까지 뿌듯한 얼굴로 다가오고 있었다.

분위기가 괜찮게 흘러간다고 느꼈을까? 기회를 노리고

있던 케인이 얼른 끼어들었다.

"마왕님! 이왕 이렇게 된 거, 마왕성으로 가시는 게 어떤지요?"

마나 포션을 마시던 아리엘이 휘둥그레진 눈으로 강철과 케인을 번갈아 보았다.

"지, 진짜 있었어요? 마왕성?"

그러고는 벌떡 몸을 일으켰다.

"가요! 얼른 가요! 고민할 거 뭐 있어요?"

포션의 효과인가? 그녀는 생기까지 도는 얼굴이었다.

"마왕성이라면 좋은 장비가 많겠구만!"

언제 들고 왔는지 스미든은 제련용 망치까지 손에 쥐고 있었다.

저 새끼, 혹시 이 대화를 들었나?

((나는 너의 그림자다! 어디고 따라간다!))

그럼 그렇지!

결계 앞에서 보초를 서던 베인의 말이 강철의 귀를 파고들었다.

아리엘, 스미든, 베인을 돌아본 강철은 픽! 하고 웃으며 입을 열었다.

"그래! 가자, 가! 이 끝에 뭐가 있을지는 모르겠는데, 어디 한 번 같이 가 보자!"

강철이 시선을 돌리자 케인이 후딱 포탈을 열었다.

렙업하는 마왕님

송재균은 며칠째 긴장된 상태에서 버티고 있었다.
"내 생각이 맞았어……."
그는 스피츠가 어떤 경로를 통해서든 포맷한 NPC의 데이터를 확보하고 있는 것이 아닌지 의심했었다.
그런데 스피츠가 그걸 증명했다. 케인의 기억을 되살린 게 그 증거였다.
"후우!"
송재균은 답답한 마음에 한숨을 내쉬고는 머리를 벅벅 긁었다.
스피츠가 어떤 경로를 통해 데이터를 얻게 되었는지, 또 그것으로 무엇을 하려는지 알 길이 없었다.

며칠째 신경 쓰지 못한 머리는 기름기로 번들거렸고, 삼시 세끼 아이스크림만 먹어서 볼이 쏙 들어가 있었으며, 원래 달고 살던 다크 서클은 더욱 짙어져 있었다.

"어쨌거나 자신의 목적을 이뤄 줄 메신저로 강철 씨를 꼽았다는 것 하나만큼은 확실한데……."

카이얀 시절 강철의 데이터를 입수했다면 그를 메신저로 선택하는 건 지극히 당연한 일이다.

송재균 또한 같은 이유로 강철을 마왕의 자리에 앉힌 거니까.

이렇게 되면 방법은 두 가지다.

프로그래밍을 손봐서 스피츠를 찍어 누르는 것.

"위험해. 거기서 버그가 쏟아지기 시작하면 걷잡을 수 없을 거야."

그럼 남은 방법은…….

"스피츠가 강철 씨를 선택했다면, 반대로 이쪽에서 강철 씨를 포섭하는 수밖에."

결심이 선 듯 송재균은 조용히 자리에서 일어났다.

※

지이잉!

이게 얼마 만의 마왕성이야?

강철이 제일 먼저 나왔고, 아리엘과 스미든이 뒤따랐다. 마지막으로 베인과 케인이 도착한 직후에 포탈이 닫혔다.

고개를 들자 일렬로 죽 늘어선 방어구가 눈에 들어왔다. 번쩍번쩍! 하나같이 고강화 템이었다.

"왜 하필이면 무기고에 데려왔어?"

강철의 말에 케인은 머리를 긁적였다. 뭔가 이유가 있는데 좀처럼 말하기 힘들다는 표정이었다.

놈의 저런 표정, 강철은 정말이지 익숙했다.

"케인, 내가 너를 어디서 봤다 봤다 했거든?"

"제가 생각하는 그겁니까?"

"네가 생각하는 게 뭔데?"

"아닙니다. 모르시면 그냥 넘어가는 게 저한테 이득이거든요."

저렇게 따박따박 말대꾸하는 놈, 어디서 봤더라?

강철은 케인을 빤히 살폈다. 녀석은 뭐가 문젠지 교묘하게 강철의 눈빛을 피했다.

"왜 눈을 못 마주쳐?"

"제가 원래 좀 그렇습니다."

"구라 칠래?"

"하여간 저는 마왕님 진심으로 존경하니까, 그렇게 아십쇼."

하! 쿨한 새끼!

놈은 적당히 몸을 돌려 튀려 했지만, 강철이 얼른 뒷덜미를 붙들었다.

"인간적으로 대화 좀 더 하자."

"제가 원래 말을 많이 못하게 설계됐거든요."

"그래?"

"그럼요. 원래 마왕님 안 계시면 제가 아무 말 안 하거든요."

기억났다! 이 새끼야!

강철의 눈이 사람 잡을 듯 번들거렸다.

케인도 눈치가 있다.

"기억나셨네요?"

"그래."

"그럼 맞아야겠죠?"

녀석은 얼른 엎드렸다.

어휴! 저 새끼, 변한 게 없구나!

강철은 다시 목덜미를 잡아서 놈을 일으켜 세웠다.

"존경합니다. 맞을 때 맞더라도 드리고 싶은 말씀은 드려야 하니까요."

강철은 놈을 빤히 바라봤다. 아까처럼 눈을 계속 보았다.

이번에도 놈은 자꾸만 눈을 피했지만 그럴수록 강철이 시선을 따라가며 눈을 마주쳤다.

맞다.

카이얀에서 하루에 한 번씩 꼭 봤던, 그 녀석.

서비스 종료하고 다신 못 볼 줄 알았는데, 어쨌거나 반갑긴 더럽게 반가웠다.

강철은 별다른 말 없이 놈의 팔뚝을 가볍게 툭 쳤다. 케인은 때리는 줄 알았는지 막으려고 했지만 그뿐이었다.

"카이얀에서처럼 무시당하지 않게 여기서는 좀 열심히 살아라."

"에이! 저 마왕님한테 말고는 진짜 당한 적이 없다니까요?"

"퍽이나."

강철은 반가운 마음에 다시 놈의 팔뚝을 툭 쳤다. 이번에는 놈도 졸지 않고 씨익 웃어 보였다.

"마왕님을 뵙습니다."

그때 또 익숙한 목소리가 들려왔다.

소리가 들려온 쪽으로 고개를 돌려 보니, 빵빵한 팔뚝이 제일 먼저 눈에 들어왔다.

저런 팔뚝이 찰스 말고 또 누가 있겠나.

"안 어울리게 무슨 마왕님 타령이야?"

"몰랐으면 모를까, 알게 된 이상 정중하게 모시는 게 도리지요."

아오! 불편하다!

"앞으론 이렇게 모시겠습니다."

옛날 통닭 • 77

케인에 찰스, 그리고 장비 구경에 정신없는 아리엘과 스미든, 베인까지.

마왕성에 처음 왔을 때만 해도 혼자였는데 갑자기 북적북적해졌다.

강철로선 낯선 느낌이었는데, 싫지만은 않다고 해야 하나?

지금의 감정이 이해되지 않아서 강철은 고개를 모로 틀었다.

짧은 침묵이 흐른 다음이었다. 기회를 엿보던 찰스가 천천히 다가와 문을 가리켰다.

"마왕님, 스피츠 님께서 기다리고 계십니다."

"뭐?"

제 놈의 레어까지 곡괭이질로 오라고 해 놓고는, 갑자기 뭔 바람이 불어 여길 찾아와?

왜 왔는지 물어봤자 찰스는 모를 거다. 들어가서 묻자니 이야기가 길어질 테고.

강철이 마왕성을 찾은 건 아리엘을 안전한 곳에 데려다주기 위해서였지, 일을 벌이기 위함은 아니었다.

"찰스, 나 좀 쉬어야 될 거 같거든?"

강철을 위해 땅굴을 달렸을 찰스다. 찰스의 입장도 있을 테니, 이 정도 언질은 주고 싶었다.

"큰 전투를 겪고 나신 뒤라는 거, 다 알고 계십니다. 그 정도는 이해해 주실 겁니다."

"그래."

강철은 고개를 돌려 아리엘을 바라봤다.

"난 좀 쉬고 올 거야."

"저도요."

그럼 더 접속할 이유 없다.

강철은 망설임 없이 로그아웃 버튼을 눌렀다.

푸슝!

캡슐 뚜껑이 열리고 천장이 보였다.

가끔 캡슐 밖으로 나오기도 했지만, 그건 화장실이 급할 때 잠시뿐이었다.

식사도 캡슐에서 빵으로 대충 때웠고, 정말 지쳤을 땐 침대 삼아 캡슐에서 잠깐씩 존 게 다다. 그야말로 이 악물고 버틴 강철인데, 오늘은 좀 달랐다.

"뒈지면 다 날아갈 돈, 쉴 땐 쉬어 줘야지."

독하게 밀어붙이는 것도 좋지만, 피로 누적으로 정신 못 차리다 뒈지기라도 하면 그건 정말 답 없다.

캡슐에서 몸을 일으킨 강철이 제일 먼저 한 건 역시나 돈 계산이었다.

"마왕 처음 등장했을 때 2백 바로 번 거에다, 제논 길마 놈 잡은 거 20, 방금 전투에서 440을 벌었으니까……."

도합 660만 원.

거기서 끝이면 뭔가 섭섭한데, 제논 길마 놈한테 뺏은 13강 바스타드 소드까지 더하면?

"2,160만 원?"

아직 게임한 지 한 달도 안 됐는데!

"미쳤다, 진짜!"

그래. 그 정도 벌어 뒀으면 하루쯤 나가서 제대로 된 밥 한 끼 먹는다고 죄책감 가질 일도 아니었다.

아직 제대로 실감이 안 나서일까?

감도 잘 안 잡히는 액수보단 제대로 된 한 끼가 더 기분 좋았다.

'흐흐흐!'

저도 모르게 웃음이 흘러나올 때였다.

"근데 이게 뭔 냄새야?"

어디선가 꼬릿꼬릿한 냄새가 솔솔 풍겼다. 누가 캡슐 안에다 쓰레기를 넣어 뒀나 싶을 정도였다.

쿵쿵.

강철은 불길한 예감에 사로잡혔다.

슬쩍 고개를 숙여 보니 입고 있는 티셔츠 곳곳에 하얀 소금 자국이 드리워져 있었다.

그러고 보니 며칠째 옷도 안 갈아입었다. 곡괭이질 한다고 만날 땀을 흘렸으니 소금 자국쯤 당연했다.

강철은 캡슐 안에 있는 에어컨이 망가졌나 버튼을 눌러 보았는데, 누르자마자 찬바람이 너무 잘 나왔다.

결국 에어컨쯤 쌈 싸 먹을 만큼 어마어마한 운동, 아니 노동량이었단 거였다.

"어쨌거나, 이게 내 냄새라 이거지?"

강철은 이 시큼하고 묵직한 썩은 내가 제 몸에서 난다고 생각하자 도저히 참을 수가 없었다. 뿌듯해서 참을 수가 없는 거였다.

"이게 다 훈장이다, 인마. 땀 흘려 일한 증거 아니겠냐?"

집구석에서 놀았어 봐라. 만날 씻어서 냄새날 일도 없다.

강철은 당당해질 필요가 있다고 스스로를 다독이며 얼른 캡슐을 빠져나왔다.

"일단 밥부터 먹자."

그때였다.

똑똑!

유리문 밖으로 비치는 호리호리한 실루엣만 봐도 누군지 대충은 감이 왔다.

철컥! 끼익-

문을 열고 들어선 남자는 역시나 송재균이었다.

"오래간만이군요."

퀭한 눈에 푹 들어간 볼, 코언저리에서 만날 듯한 다크 서클 하며, 며칠은 안 감은 듯 떡진 머리까지.

굴지의 게임 업체에서 중책을 맡고 있는 양반이라곤 믿기지 않을 몰골이었다.

"게임 폐인 수준인데요?"

강철의 말에 송재균은 피식 웃었다.

"며칠 만에 캡슐 밖으로 나온 줄은 아십니까?"

꼬르륵!

그때 대답 대신 배에서 울부짖는 소리가 들려왔다. 한가한 소리 그만하고 본능에나 충실하란 뜻이었다.

"제가 강철 씨 본 지가 거의 열……."

"밥이나 먹읍시다. 그쪽이 사는 걸로."

"운동복 사 놨습니다. 샤워부터 좀 하시죠."

강철은 그 말을 따를 수밖에 없었다.

우걱! 우걱!

누가 소고기를 살짝 익혀서 먹어야 맛있다고 했냐?

배고프면 안 익혀도 먹을 수 있는 게 소고기다!

"천천히 드시는 게……."

송재균은 본인도 핼쑥한 얼굴을 하고선 남 걱정을 했다.

그쪽이나 얼른 드세요, 답을 하려던 강철은 그냥 먹던 거나 우걱우걱 삼켰다.

송재균은 비싼 고기 앞에 두고 무채만 집었다, 두었다를 반복했다.

어차피 법인카드로 긁을 텐데, 돈 아까워 저러는 건 아닐 거다. 뭔가 고민이 있다는 걸 온몸으로 피력하는 모양인데.

'그건 그쪽 사정이고, 나는 고기나 먹을란다.'

1인분에 4만 원짜리 소갈비를 몇 번이나 시켰을까?

강철은 목이 말라 물냉면을 추가로 주문했다.

한 그릇에 만 원 하는 물냉면을 물 대신 먹는 건 강철이 누릴 수 있는 최고치의 호사였다.

'남의 돈으로 너무하는 거 아니냐고? 그럼 냉면 값은 드릴게.'

돈 많이 벌었잖아.

음홧홧홧!

"주문하신 물냉면 나왔습니다."

강철은 종업원이 주는 냉면 그릇을 받아서는 테이블에 놓기도 전에 바로 입으로 가져갔다.

꿀꺽! 꿀꺽! 캬아!

육수 내서 제대로 만든 냉면 맛은 뭐가 달라도 다르구나!

라면천국에서 맛본 것과 확연히 달랐기에 어련히 육수를 냈겠거니, 강철은 혼자 추측할 따름이었다.

"고기는 나만 시켰네."

배가 슬슬 불러 와서 그런지, 이제 좀 주위 환경이 눈에 들어온 모양이었다.

점심시간이라 갈비탕, 육회비빔밥, 냉면 같은 게 주 메뉴였지, 거하게 소갈비를 뜯는 건 강철밖에 없었다.

남들이야 어떻게 먹든, 돈 많이 벌었으니까!

그 정도 고생했으면 대낮부터 고기 구워 먹어도 되는 거 아니냐, 인간적으로?

"ㅎㅎㅎ!"

강철은 저도 모르게 웃음이 나왔다. 그는 젓가락을 내려놓은 뒤, 냅킨으로 입을 닦았다.

식사가 얼추 끝났음을 확인한 송재균도 젓가락을 놓았다. 먹은 게 없으니 입을 닦을 것도 없었다.

'무슨 말을 하려고 저래?'

소갈비 8대에 냉면을 시켰으니, 33만 원어치 먹었다.

그 정도 먹었으면 무슨 얘길 해도 들어는 줘야 된다. 여기서 그냥 튀면 사람 새끼 아닌 거다.

"돈 때문에 그래요?"

넥씨가 2천 때문에 그러진 않을 테지만, 강철 입장에서야 제일 궁금한 건 역시 돈이었다.

"돈은 당연히 정상 지급될 겁니다."

"오늘이 며칠이죠?"

"25일입니다."

매달 말일 날 정산을 한다고 했다. 그럼 앞으로 5일만 버티면 정산이 될 거다.

　남은 시간 마왕성에만 처박혀 있어도 여태 번 돈 다 먹을 수 있는 거다.

　송재균은 강철의 속마음을 읽었다는 듯 입을 열었다.

　"굳이 기다리지 않으셔도 됩니다. 이번 달은 특별히 오늘 바로 지급해 드릴 거니까요."

　"왜요?"

　"사실 첫 달은 마왕에게 보너스 같은 개념입니다. 업데이트 전이다 보니 마왕성에만 계시면 죽을 일이 없으니까요."

　"그럼 제가 앞으로 마왕성에만 있을 거라는 걸 예상하고 계신 건가요?"

　"저 같아도 그럴 테니까요."

　고기 먹여 줘, 돈까지 빨리 줘, 이거 뭔가 수상한데?

　"단순한 호의로 생각해 주시면 감사하겠습니다."

　렙업하라고 곡괭이 하나 던져 준 놈들이 뭐? 호의?

　그 말 순순히 믿을 만큼 강철은 순진하지 못했다.

　입금 즉시 로그 기록과 정산 내역이 일치하는지 일일이 대조부터 해 볼 참이었다, 강철은.

　"하고 싶은 말 있으면 빨리하시죠?"

　송재균은 대답 대신 강철의 눈을 잠시간 바라봤다.

　"빙빙 돌리는 거 내 스타일 아니니까 빨리 말하시고, 아니면 저 일어납니다."

"잠깐."

강철이 정말 일어서려 할 때, 송재균이 그의 팔을 붙들었다.

☞

"강철 씨, 이런 말씀 드리면 어떨지 모르겠습니다만."
송재균의 말에 강철은 일단 자리에 앉았다.
"급여 계좌가 본인 명의가 아니시더라고요."
후우!
강철은 일단 입을 다문 채 송재균을 바라봤다.
"아마 친구분 걸 쓰고 계시는 것 같던데……."
"다른 사람 통장으로 받으면 안 되는 겁니까?"
강철의 통장엔 압류가 걸려 있어서 친구 걸 빌려 사용하던 중이었다. 어차피 큰돈 들어올 일 없으니 친구도 크게 신경 쓰지 않기도 했다.
"이번엔 액수가 꽤 많이 들어갈 텐데, 괜찮으시겠습니까?"
"예?"
"친구분 사정도 그렇게 좋아 보이진 않아서요."
그 인간 통장 쓴 지 5년이 넘었다. 그래서 강철은 그게 꼭 자신의 통장같이 느껴졌지만, 엄밀히 따지면 친구 놈 통장인 거다.

통장을 강철이 들고 다니긴 해도, 친구 놈이 원하면 얼마든지 거기 있는 돈쯤 꺼내 쓸 수 있을 거였다.

"이번에 2천만 원 정도 들어가는 걸로 알고 있는데, 괜찮으신지 여쭤는 봐야 될 거 같아서요."

강철은 송재균을 빤히 바라봤다.

저 인간이 미쳤다고 남 걱정해 준다고 밥까지 사 먹이겠는가?

목적이 있으니까 저러는 거다.

강철도 그쯤 모르지 않았다.

"하고 싶은 말이 뭔데요?"

송재균은 기다렸다는 듯 입을 열었다.

"이미 계약서에 사인이 끝난 뒤라 계약 조건을 변경하는 건 제 영역 밖의 일입니다. 다만, 강철 씨의 상황을 고려해 급여를 현금으로 직접 지불하는 정도의 배려는 해 드릴 수 있습니다."

강철은 꿀꺽 마른침을 삼켰다. 무슨 말을 하려고 저렇게 밑밥을 까나 불안해서였다.

"원하시면 아이템도 하나쯤 챙겨 드리겠습니다."

에잇! 그래서 뭘 하면 되는 건데?

"강철 씨, 다음에 접속하시게 되면 스피츠를 만날 예정이시죠? 맞습니까?"

느닷없이 그 얘기가 왜 나오나 싶어 강철은 고개를 갸웃했다. 하지만 송재균은 지금의 대화가 세상에서 제일 중요한 일이라도 되는 양 진지했다.

"스피츠의 속을 들여다볼 수 있는 사람은 오로지 강철 씨뿐입니다."

스피츠를 만나 본 적이 없는데, 언제 그렇게 됐지?

"그의 생각을 최대한 끌어내 주십시오. 무슨 속내를 지닌 건지 꼭 알아야 합니다. 그렇게만 해 주시면 급여를 현금으로 드릴 수 있도록 조치해 두겠습니다. 물론 아이템도 준비해 드리고요."

갑자기 이게 무슨 말인지 강철은 도무지 이해가 되지 않았다. NPC의 속을 왜 들여다봐야 되는지, 이게 무슨 대단한 일이라고 개발자까지 나서 이토록 공을 들여야 하는지 알 수가 없었다.

"어떻게? 괜찮으시겠습니까?"

일은 어렵지 않았다. NPC와 몇 마디 대화쯤 나누면 돈도 현금으로 주고, 원하는 아이템도 준다니 거저먹기였다. 하지만 강철은 담담한 얼굴로 답했다.

"생각 좀 해 보고요."

"생각하고 말고 할 게 있으신가요?"

"그럼 그것도 생각해 보죠, 뭐."

송재균이 아랫입술을 꽉 깨물 때, 강철은 바로 자리에서 일어섰다.
"정산은 계약서대로 말일에 해 주세요."
"그게 편하시다면 그렇게 해 드려야지요."
분명 달콤한 제안이었다. 하지만 렙업하라고 곡괭이 하나 던져 준 놈들이다. 충분히 생각하고, 검토해 보고 결정해도 늦지 않았다.
"그럼 전 이만."
강철은 얼른 고깃집을 빠져나갔다.

몇 군데쯤 통장을 만들려고 돌아다녔다.
돌아오는 답은 다 똑같았다. 만들어는 주겠다만, 새 계좌도 압류가 들어올 수 있다는 거다.
"젠장!"
큰 도로를 빠져나와 점점 좁은 골목을 향해 걸었다.
여기서 더 좁아질 수 있을까 싶은 데까지 가면 강철의 집이 나온다.
강철의 집은 원룸을 차곡차곡 쌓은 빌라였다.
101호.
전화도 안 받고 뭐하냐, 집엔 왜 없냐, 이젠 막 나가는 거냐, 문 앞에 쪽지가 덕지덕지 붙어 있었다.
하기야 게임한다고 며칠을 비웠으니 보챌 만도 하겠다.
철컥! 1230! 띠리링!

강철은 테이프로 붙여 둔 쪽지들을 떼고 얼른 집 안으로 들어갔다. 집은 화장실이 안에 있다 뿐, 고시원과 크게 다를 바 없었다.

"친구 놈 통장 쓰자니 불안하고, 압류된 통장에 보내는 건 말도 안 되고."

강철은 쓰러져 자고 싶은 마음을 누르고 컴퓨터 책상에 앉았다.

책상엔 모니터와 키보드, 마우스, 휴대폰 충전기, 그리고 게임 패키지 하나가 있었다.

강철은 회색빛 게임 패키지를 꺼냈다.

케이스엔 헬멧과 고글을 멋들어지게 착용한 군인 얼굴이 그려져 있었다.

강철은 안에 든 CD를 꺼내 컴퓨터에 넣었다.

초등학교 때 나온 전쟁 게임인데, 속이 답답할 때면 한판씩 깨곤 했었다.

이삿짐 챙기기 귀찮아 필요 없는 거 다 버려도, 이 패키지만큼은 꼭 챙겼다.

강철 취향은 아니었지만 아빠가 남긴 유일한 물건이라 그랬다.

아, 아빠가 남긴 거 큰 거 하나 더 있긴 하다.

빚!

하지만 그거 자꾸 생각하면 아빠 미워지니까.

강철은 얼른 마우스를 잡고 병력을 생산했다.

"아빠가 말이야. 아들이, 응? 돈 벌려고 하면 하늘에서 좀 도와주고 그래야지. 돌아가신 양반이 뭐 바쁜 거 있다고."

강철의 병력이 수류탄을 들고 적진으로 침투했다.

"아빠 빚 갚고 있으면 꿈에서 로또번호 같은 것도 알려 주고 그래야지."

하기야 최근에 꿈꿀 만큼 깊이 자 본 일이 있었나.

강철은 얼른 마우스를 놀렸다.

아버지는 이거 깬다고 잠도 못 자고 그랬지만, 강철한테 이까짓 것 일도 아닌 거다.

강철의 보병이 군수 공장을 부쉈을 무렵, 미션 완료라는 문구가 떠올랐다.

강철은 얼른 프로그램을 종료시키고는 CD를 꺼내 다시 패키지에 넣어 두었다.

어차피 잘 쓰지도 않는 CD롬, 이 게임 그냥 넣어 둬도 상관없었지만, 왠지 그렇게 하면 아버지가 서운해하진 않을까 꼭 CD는 패키지 안에 넣어 두었다.

"아들이 이 정도로 챙기는 거 보고 계시면, 오늘 꿈에 인간적으로 번호 여섯 개만 찍어 주십시다."

그래도 빚 다 못 갚을 거 같긴 한데, 그래도 쫌!

강철이 얼른 방바닥에 널브러지려는데,

꼬르륵!

옛날 통닭 • 91

소고기를 그렇게 처먹었는데도 때 되니 배에서 소리가 나는 거였다.

"이럴 줄 알았으면 양념갈비 말고 생갈비도 몇 대 먹어 두는 건데."

강철은 얼른 주머니를 뒤졌다. 다행히 만 원짜리가 3장이나 있었다.

"치킨 한 마리 정도는 괜찮지 않냐, 인간적으로."

지금 있는 돈도 카이얀 닫기 전에 템 팔아서 번 돈이었다.

빚더미에 사는 강철이 돈 벌 구멍이라 봐야 게임해서 아이템 파는 것 정도가 다였다.

"아버지, 저 2만 원 씁니다. 오늘 오실까 봐 로또 살 돈 만 원은 남겨 두는 거예요."

강철은 아버지에게 부담을 잔뜩 안겨 주고는 얼른 문밖으로 향했다. 들어올 때 현관에 붙어 있던 전단지를 본 기억이 있어서였다.

띠리링! 끼익!

"가마솥 옛날 통닭? 옛날에 튀겨 둔 걸 판다는 소린 아니겠지?"

강철은 믿어 보겠다며 얼른 전단지를 떼서 안으로 들어갔다.

송지윤은 소위 잘난 대학을 졸업했다.

공부 열심히 한 사람만 모인다는 대학에서도 늘 상위권을 유지하던 그녀는 선망의 대상이었다.

남자들에게만 말이다.

그녀는 또래 동성 친구들에게 늘 미움을 샀다. 공부 잘하고 성실한 게 예쁘기까지 해서 그랬다.

그럼 '내가 잘못했어. 한 번만 봐줘.' 일단 꼬리를 말아야 상대도 화가 풀릴 텐데, 하필 그녀도 성깔이 있었다.

하루는 화장실에서 담배를 태우던 일진들이 송지윤의 이야기를 하고 있던 날이었다.

대걸레 빤 물을 버리려고 양동이를 들고 왔을 때, 그녀는 믿을 수 없는 얘기를 듣고 말았다.

송지윤이 남자들 몇 명이랑 어쩌고저쩌고, 입에 담지도 못할 말들이 그것이었다.

그녀는 대걸레를 빨았던 구정물을 홱 끼얹었다.

그 뒤로 정말이지 지옥 같은 생활을 견뎌야 했다.

학창 시절 내내 이어지던 따돌림은 대학에 진학했다고 달라지지 않았다. 그녀를 괴롭히던 무리들이 좀 더 세련되게 모습을 달리할 뿐이었다.

그렇다고 남자들과 친해질 성격도 못 되는 터라 그녀는 늘 혼자였다.

그러던 중에 게임을 만났다. 가상현실이라면 다르지 않을까? 부푼 기대를 안고서였다.

시작은 좋았다. 외모, 학벌 따위 다 지워 버리고 게임 캐릭터 뒤에 숨을 수 있었으니까.

하지만 거기도 결국 사람 사는 동네였다. 얼마 못 가 문제가 또 생겼다. 길드 때문이었다.

'죄송한데, 저는 길드 생각이 없어서요.'

거절이 거듭될수록 그녀가 받게 될 불이익도 같이 늘어갔다.

파티 플레이에서 배제됐고, 아무도 그녀와 아이템 거래를 하지 않았으며, 나중엔 그녀와 말을 섞는 게 큰 죄로 여겨질 정도였다.

모든 건 길드라는 시스템을 지키기 위함이란 말로 포장됐다.

뒤늦게라도 어느 길드든 들어가서 꼬리를 내렸어야 했는데, 또 그녀의 성깔이 문제였다.

그래, 끝까지 가 보자.

각종 커뮤니티에 그녀의 소신 발언이 이어졌고, 결국 전담 척살대까지 꾸려지게 된 게 여기까지 오고 말았다.

푸슝!

"후우!"

캡슐에서 나온 송지윤은 깊은 숨을 내쉬었다.

어쨌거나 그녀가 수많은 적들을 상대로도 버틸 수 있었던 건 레전드리 아이템 덕분이었다.

근데 그게 시원하게 깨진 거다.

그걸 얻기 위해 들였던 지난날의 노력을 생각하면 지금도 눈물이 그렁그렁할 정도인데 말이다.

캡슐에서 몸을 일으킨 그녀는 지친 몸을 이끌고 현관으로 향했다.

그녀는 문고리를 비틀어서는 어깨를 기대 문을 열었다.

그냥 밀면 자꾸 끽끽! 소리만 나고 열리질 않아서 꼭 체중을 실어 문을 밀어 줘야 했다.

끼이익! 저벅저벅.

그녀의 집은 4층이라, 한 층만 더 올라가면 옥상이 나왔다.

답답할 때면 그녀는 시원한 맥주 한 캔 들고 옥상으로 향하곤 했다.

끼익!

현관과 같은 방식으로 옥상 문을 연 송지윤의 오른쪽 어깨가 까맣게 변해 있었다.

"날씨 좋다."

햇살 한번 쨍쨍했다. 스태프에서 뿜어져 나오던 빛만은 못했어도 말이다.

기다란 빨랫줄엔 양말 몇 개만 겨우 버티고 있었다. 속옷과 티셔츠, 반바지는 바닥을 나뒹굴었다.

 옥상에 올 때마다 봤던 빨래인데, 주인이 도무지 걷을 생각을 않다 결국 이렇게 널브러진 모양이었다.

 "저러면 빨래하나 마나인데."

 남자 옷이라 만져도 되나 싶었지만, 빨래가 먼지 더미에 있는 걸 그냥 지나치기가 뭐해서 송지윤은 얼른 빨래를 집어 탁탁! 털어서 널어 주었다. 빨랫줄에 있는 빨래집게를 두 개씩 꼭꼭 집어서였다.

 "이렇게 착한데, 왜 나만 보면 못 잡아먹어 난리들인 거야?"

 송지윤이 너스레를 떨며 쓰게 웃었다.

 건물이라 봐야 4층짜리라 사방이 더 높은 건물 벽면뿐이었지만, 그래도 비스듬히 고개를 들면 먼 곳으로 하늘이 보였다.

 저기를 가만히 보고 있으면 안개가 걷히듯 잡생각이 사라졌다.

 "그래도 재미는 있었어."

 송지윤은 게임에서 있었던 일을 떠올리며 빙긋 웃었다.

 레벨이 낮을 때는 주로 솔로 플레이를 했고, 정작 파티 플레이가 필요한 순간엔 모두의 표적이 되어 혼자 사냥을 했던 그녀다.

 모두가 힘을 합쳐서 싸운 오늘의 전투는 그래서 더 특별

했는지 모른다.

그 뒤로도 그녀는 한참 동안 하늘을 보고 있었다.

여러 생각들이 그녀의 머릿속을 떠다녔지만 부산스러운 생각들은 지워지고, 결국 즐거웠단 말만 남아 버렸다.

"그럼 됐지, 뭐."

멀리서 불어오는 바람이 빨래를 흔들었다.

집게 하나로 고정했을 땐 위태했던 것들이, 집게 두 개로 양쪽 끝을 고정시켜 두자 멀쩡히 자리를 지켰다.

이제 그만 내려가려던 그녀가 잠시 멈춰 선 건 그 때문이었다.

빨래집게처럼 누군가를 단단히 붙들어 주는 사람이 되고 싶었다. 때론 모든 걸 맡긴 채 빨랫줄에 기대 있는 빨래이고 싶기도 했다. 더는 혼자이고 싶지 않았다.

아마 오늘 푹 쉬고 내일 접속하면 만날 수 있을지 모른다.

유저이면서 마왕이라 불리는 사람.

마왕이라면서 유저를 살리겠다고 발록에게 매달려서 발길질을 해 대던 그 사람을 또 만날 수 있는 거다.

그녀가 빙긋 웃고는 옥상 문 앞에 섰다. 닫길 땐 문고리를 잡고 줄다리기하듯 뒤로 누워야 겨우 열렸다.

끄르르릉! 끼익!

송지윤이 계단을 내려와 현관문 앞에 섰을 때였다.

"그새 뭘 붙였네?"

401호라는 글귀 아래로 초록색 바탕의 전단지가 붙어 있었다. 커다란 가마솥에 생닭 한 마리가 풍덩 빠지는 그림이었다. 그녀는 '옛날 통닭'이라는 글귀를 읽으며,

착!

전단지를 떼었다.

제4장

우린 너무 극단적이야

렙업하는 마왕님

통유리 너머로 하얀 조명이 보였다. 커피숍 로고였다.
강철은 테이블에 휴대폰을 올려놓았다. 아직 커피를 시키지 않아서였다.
약속한 놈이 아직 안 온 데다, 뭘 시키자니 돈도 쥐뿔 없어서 그랬다.
강철은 바지 주머니에서 통장을 꺼내서는 겉장을 열었다.
왼쪽 상단에 '윤창호'라는 이름과 그 옆으로 서명란을 한참 벗어날 만큼 큼지막한 사인이 있었다.
"미친놈. 연예인이냐?"
이 정도면 아래에 '행복하세요.' 한마디 써 놓은들 하나도 이상할 게 없어 보였다.

"이 계좌를 써? 말아?"

10분쯤 통장만 멍하니 보고 있을 때였다. 느낌이 싸해서 고개를 들어 보니 유리 너머로 윤창호가 보였다.

강철은 통장을 얼른 주머니에 집어넣고는 아무렇지 않은 척 휴대폰을 만지작거렸다.

"연락 없기에 뒈진 줄 알았다."

윤창호가 의자를 길게 빼서 앉으며 말했다. 부담스러울 정도로 다리를 쫙 벌린 자세였다.

지하철에서 저러면 그날 인터넷에 저 얼굴 백 프로 올라간다. 뱀새눈에 화살 코라 대충 찍어도 얼추 알아보게는 나올 거다.

"커피나 좀 사 주라."

강철은 대수롭지 않게 한 말이었으나, 윤창호는 '오냐! 잘 걸렸다!' 하는 표정으로 말을 받았다.

"미친놈! 나 일 그만둔 거 모르냐? 먹고 뒈질래도 읎어."

"일은 왜 그만뒀냐?"

"시발! 그만두고 싶어서 그만뒀겠냐?"

그냥 두면 자기 상사가 얼마나 나쁜 놈이었는지 줄줄이 늘어놓을 거다.

그거 다 듣고 있자면 상사가 나쁜 놈이거나, 창호가 피해망상이거나 둘 중 하나인데…….

어쨌든 창호가 어디 가서 예쁨받을 스타일은 아니다.

봐라. 저 다리 벌리고 있는 거.

"회사 잘리고 돈 없었으면 왜 나한테 연락도 안 했냐?"

"빚 떠안고 사는 인간한테 돈 없다고 연락하면 그게 사람 새끼냐?"

"잘했다."

이쯤 되자 할 말이 훅! 하고 사라져 버린 기분이었다.

저놈 계좌로 돈 들어가도 욕심 안 부릴지 확인하러 온 건데, 지금 상황이면 꺼내 쓰고도 남을 것이었다.

더구나 입금되면 문자가 바로 창호 폰으로 날아갈 텐데, 저 인간이 그거 놓칠 놈도 아니었고.

"그럼 요즘 뭐 하고 사냐?"

"우리끼린 각오만 묻자. 앞으로 어떻게 살지, 그런 각오."

"또 각오 타령이냐?"

"남자는 각오가 다지, 인마."

하기야 둘 다 구질구질한 인생이었다.

남들 공부할 때 놀았고, 그래서 당연하다는 듯 대학에 떨어졌다.

그냥저냥 이 일 저 일 기웃거리다 나이 차서 군대 갔고, 그 뒤로 강철은 게임, 윤창호는 영업 일 했다.

강철은 게임에서 최고가 되었지만 재수도 없지, 서비스가 종료되고 말았다.

윤창호는 이것저것 많이도 팔러 다녔는데, 항상 주위 사람들한테 전화나 돌리다 세 달을 못 채우고 잘리기를 반복했다.

그러니 요즘 뭐 하냐는 물음에 무슨 할 말이 있겠나.

'앞으로는 이렇게 살겠다.'는 각오 말곤 허락될 게 없는 인생들이었다.

윤창호는 화살 코를 만지작거리다, 무슨 대단한 말을 한다는 것처럼 어렵게 입을 열었다.

"맘 같아선 나도 게임이나 해 볼라고."

"취미 생활 갖겠다는 걸 뭐 그렇게 폼을 잡아?"

"취미 아니다. 나 이걸로 밥 벌어 먹고살 거다."

하다하다 안 되니까 별소리를 다 하는구나.

가뜩이나 인생 피곤하게 사는 놈, 괜히 먼 길 오게 한 것 같아 강철은 마음이 불편해졌다.

그런 마음일랑 알 일 없는 윤창호는 좋다고 입을 열었다.

"어둠의 나라 알지? 그게 확실히 돈이 된다더라. 거기서 자리 잡으면 어떻게든 먹고는 산다니까 말 다 했지."

윤창호가 영업 일 하는 건 강철도 반대였다. 놈은 그런 데 일절 재능이 없었으니까.

그렇다고 갑자기 게임이 웬 말이냐?

"내가 지금 공부해서 변호사를 하겠냐, 볼을 차서 축구 선수를 하겠냐? 몸 불려서 건달 생활 할 수도 없는 거고."

"그래서?"

"그렇다고 악착같이 투잡 뛰고 돈 모아서 하고 싶은 사업이 있는 것도 아니니까."

사실 강철의 삶에서 게임을 빼 버리면 딱 지금의 윤창호 같은 표정을 하고 있어야 한다.

눈 씻고 찾아봐야 희망이랄 게 없는 삶.

'저 새낀 로또도 안 하니까 나보다 희망이 더 없는 거지.'

둘은 커피도 한 잔 안 시키고 자리에 멍하니 앉아 있었다. 주위 시선 따위 잊은 지 오래였다.

"캡슐은 2천만 원 돈 한다더라. 쓰벌! 요즘은 목돈 없으면 게임도 못하는 세상이라니까."

윤창호야 푸념하듯 한 말이었는데, 강철에겐 그게 꼭 '거짓말처럼 내 통장에 2천쯤 꽂히면 뒤도 안 돌아보고 캡슐 사러 가야지!' 하는 것처럼 들렸다.

"창호야, 나이도 있는데 돈만 좇아서 되겠냐? 더 늦기 전에 진짜 하고 싶은 걸 찾아야지."

강철은 놈을 최대한 캡슐에서 멀리 떨어뜨려 놓고 싶었다. 그게 강철에게도, 윤창호에게도 좋아 보였으니까.

하지만 녀석의 생각은 많이 다른 모양이었다.

"게임에 잘리는 게 있기를 하냐, 그렇다고 뭐 정년이 있기를 하냐. 막일해서 이빠이 땡겨 봐야 3백 못 버는데, 게임에선 천만 원도 우습다더라."

"그건 랭커들이나 그렇고."

"랭커 되면 되지, 까짓것."
그래. 그런 식이면 로또번호도 맞히면 된다, 까짓것.
주머니에 손을 넣은 강철은 자꾸 통장을 만지작거렸다.
'어쨌거나 이 계좌는 못 쓰는 게 맞겠지.'
강철은 테이블 아래를 보며 쓰게 웃었다.

꼬

다음 날, 강철은 눈을 뜨자마자 지하철역으로 향했다.
평생을 지옥철과 관계없이 살았던지라 몇 번 지하철을 그저 보내는 패기도 부렸다. 몇 대 보내면 좀 나아질까 싶어서였다.
그러다 5대쯤 그냥 보냈을 때, '이 시간대는 원래 답이 없는 거구나.' 깨닫고는 열린 문에 몸을 욱여넣었다.
답답해서 뒈질 지경인데, 옆 사람의 뜨거운 숨결이 목덜미에 덮치기까지 하자 환장하기 일보 직전이었다.
하지만 이런 꽉 막히는 출근길보다 더 답답한 건, 어쨌거나 급여 통장이 해결되지 못했다는 거였다.
'결국 송재균의 말을 들어야 한다는 거지?'
따지고 보면 그렇게 나쁜 조건도 아니었다.
어차피 줘야 할 돈 현찰로 좀 뽑아 준다고 잘난 척하는 건 분명 짜증 나는 일이지만, 또 생각해 보면 보너스로 들어오는 아이템 하나, 요건 제법 짭짤할 수도 있었다.

'근데 하나는 좀 짠 거 아냐? 인간적으로 세 개는 줘야지, 진짜.'

강철이 저 혼자 욕심을 이어 갈 무렵, 어느덧 목적지인 강남역에 도착했다.

여기서 내리자고 약속이라도 한 것처럼 대부분의 승객들이 지하철 밖으로 쏟아져 나왔다.

"출근길 괴로워서라도 당분간은 넥씨에서 버텨야 안 되겠다."

어쨌거나 정산까진 4일의 시간이 있으니까.

강철은 일단 마음이라도 편하게 먹자고 다짐했다.

강철은 부러 송재균에게 들르지 않고 바로 자신의 방으로 향했다. 어제 얘기 꺼냈는데 오늘 쪼르르 달려가는 건 정말이지 모양 빠지는 일이라서 그랬다.

'하기야 좀 튕겨 줘야 아이템 하나로 퉁칠 거 몇 개는 더 받아 내지.'

강철이 유리로 된 문을 힘껏 열어젖힐 때였다.

"일찍 오셨군요."

전혀 예상치 못한 얼굴이 보였다.

강철은 잘못 들어왔나 싶어 문을 닫고 팻말을 확인해 보았지만, 분명 본인의 방이 맞았다.

'뭐야? 아침부터?'

다시 문을 열고 들어가니 송재균이 캡슐에 기대어 서 있었다.

떡진 머리는 간만에 감았는지 잘도 정돈이 돼 있었다. 다크 서클이나 쏙 들어간 볼은 여전했지만 말이다.

초록 체크무늬 셔츠에 베이지색 면바지를 말끔하게 입은 채였다.

'어제는 나랑 비슷한 수준이었으니 말 다 했지.'

참고로 강철은 어제 쉰내 풀풀 나는 다 늘어난 빨간 티셔츠 하나 걸치고 있었다. 그것도 소금 자국 잔뜩 묻은 거 말이다. 물론 그 뒤엔 송재균이 챙겨 준 운동복으로 갈아입었지만.

"생각은 해 보셨습니까?"

"시간을 좀 두고 생각해 보려고요."

상대가 어지간히 급해 보여서, 강철은 부러 여유를 부렸다.

하지만 그 정도 반응쯤 송재균도 예상했다는 듯 가볍게 미소를 흘렸다.

"지금 접속하시면 바로 스피츠를 만날 수 있을 겁니다. 최대한 많은 이야기를 끌어내시고, 혹여 무슨 제안이라도 해 오면 그걸 집중적으로 파고들어 주세요."

그는 강철이 벌써 제안을 받아들인 것처럼 분위기를 몰

고 갔다.

강철은 딱히 긍정도, 부정도 하지 않았다.

"일단 접속해 보면 알겠죠, 뭐."

대화는 이쯤 했으면 충분하다는 듯 강철은 캡슐로 걸음을 옮겼다. 그러자 방금 전까지 캡슐에 기대 있던 송재균이 자리를 비켜 주었다.

강철이 캡슐 버튼을 누르자,

푸슝!

뚜껑이 열렸다.

"더 강한 마왕이 되기 위해 그럼 이만."

강철은 캡슐 안으로 쏘옥 들어갔고, 곧 뚜껑이 닫혔다.

🜚

강철은 로그아웃했던 무기고로 떨어졌다.

"하나같이 훌륭한 것들… 헤엑! 어이쿠! 놀래라."

아직까지 장비를 살피고 있던 스미든은 뒤로 넘어갈 뻔했다. 그만큼 장비에만 집중했던 탓이었다.

"자네, 잘 왔네. 내가 강화는 마계 가서 가르쳐 준다고 했었지? 그 약속 지키려고 쓸 만한 장비들 쫙 골라 놨네. 어떤가?"

과연 무기고 한편에 금빛 장비들이 수북이 쌓여 있었다.

스미든이 따로 챙겨 둔 모양이었다.

그는 얼른 칭찬해 달라는 양 초롱초롱 눈을 빛냈다.

"고생했어."

별말 아니었는데 스미든은 굉장히 신이 난 모양이었다. 두 주먹을 불끈 쥐고 위아래로 흔드는 모습이 딱 그랬다.

'돈도 안 드는 건데, 칭찬이라도 많이 해 줘야겠네.'

좋아 죽는 스미든을 뒤로하고, 강철은 정면으로 보이는 문을 향했다.

어쨌거나 송재균은 캡슐 밖에서 이 모습을 지켜보고 있을 거다. 강철의 급여 통장을 꽉 쥔 채로 말이다.

'용가리가 뭐 어쨌기에 그 난리인지, 원.'

문 너머 스피츠가 기다리고 있어서일까?

과연 찰스가 문고리 꽉 쥐고 대기 중이었다. 언제라도 스피츠에게 안내할 준비를 하고서였다.

"준비되셨습니까?"

찰스가 몹시 정중한 태도로 물었다.

"응."

"그럼 모시겠습니다."

끼익!

문이 열렸고, 강철이 몇 걸음 내디뎠을 때 거대한 레드 드래곤이 모습을 드러냈다.

만약 엊그제 스피츠를 만났다면 심장이 주체 못할 만큼

뛰었을지 모른다. 하지만 지금은 급여 계좌를 관리하는 총무팀 직원? 딱 그 정도로만 여겨졌다.

이놈한테는 미안한 말이지만, 심정이 그런 걸 뭐 어쩌겠나?

《반갑네.》

스피츠가 먼저 입을 열었으나, 강철은 별다른 대꾸를 하지 않았다.

첫 만남에서 스피츠가 제 속내를 털어놓기라도 했다간 송재균 좋은 일만 시키는 거다.

오늘은 별말 않고 적당히 헤어지는 게 여러모로 좋겠다는 생각에 강철은 입을 굳게 다물었다.

그래서일까? 스피츠는 입을 열 수밖에 없는 물음을 던졌다.

《곡괭이질은 즐거웠나?》

염병할! 이게 말이야, 방귀야?

곡괭이로 땅이나 파라고 퀘스트 준 놈이 할 말은 아닌 거다.

짜증이 확 솟구친 강철은 미간을 잔뜩 모았다.

"해 볼래? 너도?"

곡괭이를 각성진화 시키지만 않았어도 냅다 던져 줬을 거다. 더도 덜도 말고, 딱 찰스의 집까지만 와 보면 그딴 말 못할 거라고 강철은 확신했다.

《꽤나 많은 것을 얻었더군.》

"내 힘으로 얻었지, 곡괭이 때문에 얻은 건 없어."

강철의 말에 스피츠는 눈을 빛냈다.

《재밌는 말이군.》

"재미 타령 하지 마라. 난 재미없으니까."

《곡괭이에 특별한 의미가 있던 건 아니었네. 무기고에 있는 장비 중 이계에서 쓸 수 있는 게 그거 하나였어.》

"그럼 곡괭이 대신 칼 한 자루 있었으면 칼질하는 퀘스트 줬을 거라는 거야, 지금?"

스피츠는 대답 대신 입꼬리를 작게 들어 올렸다.

젠장! 곡괭이 대신 칼자루 들었으면 지금쯤 존내 멋진 검사가 돼 있었을 텐데!

《여하튼 자네는 잘해 내지 않았는가?》

"그걸 위로라고 하냐?"

아오!

생각이 거기까지 미치자 짜증이 확 치민 강철은,

"잔말 말고 퀘스트 보상이나 주지? 곡괭이질로 찾아오면 레전드리 템 준다며? 내가 찾아가던 길이었는데 그쪽에서 들이닥쳤으니, 내 잘못은 없는 거 아냐?"

하고 싶은 말을 막 쏟아 낸 거였다. 그러자 그 모습을 잠자코 지켜보던 스피츠가 묘한 미소를 그려 보였다.

급여 계좌고 지랄이고, 일단 받기로 한 건 받아 내야 한다.

레전드리 템 그거 먹겠다고 들인 시간이 얼마고, 파낸 땅이 또 얼만데?

염병할! 이건 꼭 받는다.

못 받게 꼬장 부리면 송재균이고 스피츠고 확 그냥!

강철이 이를 악물 때였다.

띠링-!

['마룡 스피츠의 부름' 퀘스트를 완료하셨습니다.]

응? 뭐라고?

전혀 예상치 못한 메시지에 강철은 뭘 잘못 본 건 아닌가 눈을 비벼야 했다.

하지만 제대로 보기도 전에 또 다른 문구들이 연이어 쏟아졌다.

[퀘스트 보상:스피츠의 보주(寶珠)]

[마룡 스피츠의 마력이 깃든 구슬입니다.]

[등급:레전드리]

[옵션:마력 +300]

[이계에서 사용 가능합니다.]

[레벨 부족으로 장비에 대한 온전한 감정이 불가합니다.]

뭐야? 그러니까 퀘스트를 깬 게 맞아? 레전드리 템을 받는다고? 확실해?

강철의 말에 대답이라도 하듯 퀘스트창 완료 버튼이 금빛으로 번쩍였다.

'이게 이렇게 친절한 게임이 아닌데?'

레전드리 템을 얻었다는 기쁨보다 이건 또 뭔 개수작인가 싶은 불안감이 앞섰다.

이 염병할 게임은 뭐 하나 편히 준 게 없었으니, 강철의 반응이 당연하기도 했다.

'그렇다고 이 좋은 템 안 먹을 순 없는 거잖아?'

가뜩이나 욕심 많은 강철이다. 의심이 욕심을 이긴 적은 단 한 번도 없었다.

속고 나서 '또 속냐! 등신아!' 한탄을 할지라도 일단 당기면 가는 거지, 별수 있나.

강철은 얼른 완료 버튼을 눌렀고, 정말로 레전드리 템이 인벤토리에 쏙 꽂히는 걸 똑똑히 보았다.

혹시 기간 한정 아이템은 아닌지, 나중에라도 스피츠 저놈이 줬다 뺏을 수는 없는지, 강철은 인벤토리에서 보주를 꺼내서는 아이템 설명부터 꼼꼼히 살폈다.

강철의 생각을 읽었을까?

《걱정할 거 없네.》

스피츠가 괜찮다는 듯 고개를 끄덕였다.

눈 빠지게 본다고 강철의 레벨로 레전드리 템을 온전히

감정할 수도 없어서, 일단 강철은 고개를 들었다.

《이제 그건 자네 것일세. 내가 보증할 테니 어떤 것도 걱정할 필요 없네.》

그 말이 떨어짐과 동시에 스피츠에게서 금빛 아우라가 쏟아져 나왔다.

《이리 오게. 내 보주를 자네에게 수여하기 위해 꼭 필요한 절차이니.》

아, 확실히 좋은 템이라 그냥 툭 던지고 땡은 아닌가 보다.

스피츠가 가리킨 곳으로 나아가자, 그는 거대한 팔을 뻗어 강철의 머리 위에 얹었다.

커다란 그림자가 강철에게 드리운 때였다.

그오오오!

스피츠에게서 나오던 금빛 아우라는 곧 그의 팔에 집중되었다. 그것은 이내 강철에게 쏟아졌고, 정확히는 강철의 손에 있는 '스피츠의 보주'로 빨려 들어갔다.

팟!

모든 의식이 끝난 것일까? 스피츠의 보주가 영롱하게 빛났다. 그리고 그 위로 '플레이어 '강철'에게 귀속'이란 글귀가 새겨져 있었다. 전에는 없었던 문구였다.

《온전히 자네 것일세. 이젠 내가 원한다고 해도 돌이킬 수 없지.》

여기서 더 의심하면 그건 그거대로 병인 거다.

우린 너무 극단적이야 • 115

"흐흐흐흐!"

이제 좀 실감이 났던 걸까? 강철이 제어할 틈도 없이 웃음이 불쑥 튀어나왔다.

그래, 폼은 안 나도 웃으면 좀 어떠냐? 이 세계에서 제일 좋은 템 먹은 건데!

이제 이걸로 유저 놈들 기똥차게 썰어 주면 돈이 그냥 팍팍 들어올 거다. 착용할 수만 있다면 말이다.

"이게 레벨 제한은 몇인데?"

《5백.》

"좀 낮춰 줄 순 없고?"

강철은 시장에서 물건 값 깎는 것처럼 흥정을 시도했다.

《말했잖은가. 온전히 자네 것이라고. 내가 원한다고 멋대로 할 수 있는 부분이 아닐세.》

염병할! 그럼 주기 전에 미리 좀 깎아 두지!

레벨 제한 500은 인간적으로 너무했다.

'이 새끼, 혹시 나한테 줘 봤자 착용 못할 거 아니까 그냥 던져 준 건가?'

강철은 스피즈를 노려봤지만 역시나 그런 눈치는 아니었다.

하긴 할 일 없어서 여기까지 찾아와 사람 속 긁을 리는 없는 거니까.

"그래도 렙제가 너무 높은데?"

《방법이 없는 건 아니지.》

어서 말해 보라는 듯 강철이 눈을 빛냈다.

《강화를 하면 된다네.》

지금 그걸 말이라고 하냐? 깨지면 어쩌려고!

어처구니없다는 강철의 반응과 달리 스피츠는 진지했다. 그리고 곧,

띠링-!

[퀘스트가 생성되었습니다.]

메시지가 떠올랐다.

[마롱 스피츠의 훈련]

퀘스트 난이도:SS

퀘스트 내용:스피츠의 보주 +5 강화에 성공하시오.

[퀘스트를 수락하시겠습니까?]

이건 또 무슨 말도 안 되는 퀘스트인 거냐?

스미든 말로는 +2 강화도 더럽게 힘들다고 했다. 그걸 지금 +5까지 하라는 거다.

《필수는 아닐세. 선택 사항일 뿐이지.》

스피츠의 말이 떨어지기가 무섭게,

[퀘스트 보상:스피츠의 가호.]

[아이템 설명:아이템에 붙은 '거래 불가' 옵션을 제거합니다(1회).]

퀘스트 보상이 떠오른 거였다.

강철은 '보상이 뭐 저래?' 싶다가, 곧 무기고에 있는 장비들을 떠올리곤 미소를 머금었다.

그는 무기고에 갈 때마다 '저기 있는 거 싹 내다 팔고 싶다.'는 말을 버릇처럼 달고 살았다.

왜냐고? 갖다 팔면 돈이 되니까!

'스피츠 너 이놈! 내가 어떤 인간인지 잘 아는구나?'

강철은 무기고에 있는 것 중 가장 돈이 될 법한 걸 떠올렸다. 제일 비싼 건 아마 16강 스태프일 거다.

그거 팔면 대체 얼마나 할까?

총무팀 급여 계좌 담당 직원 같았던 스피츠의 인상이 어느새 임원급으로 급상승해 있는 것 같았다.

"죽이네! 정말!"

《보상이 좋은 만큼 수행하기가 어렵다는 생각은 안 드는가?》

돈이 얼마나 되는지가 중요하지, 난이도가 뭐 중요해!

강철은 별다른 대꾸를 하지 않았지만, 흥분이 어려 있는 그의 얼굴에 다 쓰여 있는 모양이다.

《혹시 알고 있나? 자네를 지켜보는 재미만도 상당하단 걸.》

더 재미있게 해 줄 테니까, 이런 퀘스트 열댓 개만 더 주라!

호호호! 이거 잘하면 퀘스트 하나 깨고 몇억 버는 거 아니냐?

로또가 별거야? 이 정도면 마왕 일이 로또다, 이것들아!

퀘스트 받는 데 돈 드는 것도 아니라서, 강철은 얼른 수락 버튼을 눌렀다.

띠링-!

[퀘스트를 수락하셨습니다.]

좋은 퀘스트 얻었다고 좋아하고만 있을 강철이 아니었다.

"+5까지 강화하면 렙제가 얼마나 떨어지는데?"

《3백.》

"그 정도면 훌륭하지!"

레전드리 템이니까 +5 강화하는 과정에서 레벨이 300은 돼 있을 거다. 그럼 +5까지 찍는 즉시 템도 착용할 수 있다는 말이 된다.

"그런데 나한테 왜 이런 퀘스트를 주는 거야?"

그건 송재균이 묻기 전에 당사자인 강철이 훨씬 궁금했던 부분이다.

스피츠는 잠시간 뜸을 들이는가 싶더니,

《말했잖은가. 자네를 지켜보는 게 내겐 즐거움이라고.》

어울리지 않는 답을 내놓았다. 알 수 없는 미소를 머금은 채로 말이다.

아마 진심은 아닐 거다. 보나 마나 무슨 꿍꿍이가 있겠지.

《건투를 비네.》

거기까지 말한 스피츠는 잔상을 남기고는 모습을 감췄다.

천장에 닿을 듯한 거대한 녀석이 사라지자 평범한 벽면이 참 어색해 보였다.

"마왕님 오셨습니까요?"

케인이 슬쩍슬쩍 눈치를 살폈다. 카이얀에서의 기억 때문인 것 같은데, 어차피 그땐 그때다.

"그만해라. 불편하다."

"옙!"

케인과 적당히 얘기를 나누고 있을 때, 무기고 문이 열리며 스미든이 걸어 나왔다. 두 손 가득 아이템을 들고서였다.

아리엘이 그 뒤를 따랐다.

스태프가 없는 그녀의 손이 어색해 보였는데, 그건 아리엘 본인도 마찬가지인 모양이었다.

강철의 표정을 읽었는지 그녀가 씩씩하게 입을 열었다.

"템 하나 날렸다고, 길드 개들이 봐줄 놈들은 아니거든요. 봐준다고 한들 그냥 넘어갈 나도 아니고요."

강철은 아리엘의 배짱이 참 마음에 들었다.

"그래서 어쩔 셈이야?"

"수련해야죠. 지독히 할 거예요. 다음번엔 내가 쳐들어가 줄 테니까요."

길드 전체를 적으로 돌릴 거면 그 정도 각오쯤 하는 게 맞다. 아무리 좋은 템을 들고 있다고 해도, 템에만 의존해서는 언젠가 부러질 수밖에 없으니까.

"어떤 수련을 하려고?"

"곡괭이질을 해 볼까 해요."

"뭐?"

강철의 반응에 그녀가 피식 웃었다.

"농담이에요."

이런 농담은 없어져야 마땅하다.

"아직 고민 중이에요. 레벨이 많이 올라서 그런지 뭘 해도 고만고만, 다 정체된 기분이거든요."

"정체돼 있을 땐 곡괭이가 최고긴 하지."

"정말 해 볼까요?"

"사람이 할 짓은 아냐."

강철의 말에 아리엘이 다시 미소를 지을 때였다.

"좋은 시간을 보내고 있는데 방해해서 미안하네만……."

무기고에서 가져온 장비를 세팅하던 스미든이 끼어들었다.

"레벨 올리는 데는 역시 강화만 한 게 없네. 더구나 대륙 최고의 장인이 눈앞에 떡하니 버티고 있으니, 주위 환경도 이만하면 최고 아니겠나."

스미든은 춤출 준비가 된 고래처럼 얼른 칭찬을 기다렸다.

이왕 이야기가 나온 김에 확실히 하고 가는 것도 나쁠 건 없겠다 싶었던 강철은 인벤토리에 있던 보주를 꺼내 들었다.

"이, 이걸 어떻게 자네가?"

스미든은 도무지 믿기지 않는다는 눈빛이다, 곧 짐작 가는 게 있다는 양 눈을 빛냈다.

"호, 혹시 스피츠 님에게 하사라도 받은 겐가?"

하사는 뭔 놈의 하사!

"보상으로 받은 거야."

놀란 건 아리엘도 마찬가지였다.

"레전드리 퀘스트를 수행하신 거예요?"

강철이 고개를 끄덕이자 그녀는 가뜩이나 큰 눈을 더 크게 떴다.

"그것도 스피츠 님의 퀘스트를요?"

이러다 퀘스트 하나 더 받았다고 하면 기절할지도 모르겠다.

"정말 대단해요! 정말정말 대단해요!"

아리엘은 자기 일처럼 기뻐해 줄 뿐, 조금도 아쉬운 기색을 내비치지 않았다.

왜 그녀라고 아쉽지 않겠는가. 정말 피땀 흘려 얻은 아이템이 깨져 버렸는데.

자신이 온전히 기쁠 수 있도록 그녀 나름의 배려를 하는 것쯤 강철도 잘 알 수 있었다.

'에잇! 내가 레전드리 템 하나쯤 물어다 주든가 해야지! 미안해서 안 되겠네.'

강철이 뒷머리를 긁적일 무렵이었다. 뭐에 홀린 사람처럼 보주를 보고 있던 스미든이 질질 흘리던 침을 손등으로 닦아 내곤 입을 열었다.

"자네, 강화술 배우란다고 혹시 이거 강화한다고 그러진 않겠지?"

"할 거야. 5강까지."

"컥!"

스미든은 들어선 안 될 소리를 들은 것처럼 멍한 얼굴이 되어 있었다.

"그걸 왜 강화해요?"

그녀도 반대하긴 마찬가지였다.

"아리엘도 하려고 했었잖아."

"아니, 그건 2강이었고요."

"2강이나 5강이나… 어차피 될놈될이지, 뭐."

순간 강철의 말이 아리엘의 마음 깊은 곳에 숨겨진 승부 근성을 자극한 모양이었다. 그녀는 여리여리한 주먹을 불끈 쥐어 보였다.

"그래요! 인생 한 번 사는 거, 화끈하게 가는 것도 나쁘지 않죠!"

"허허! 아리엘 자네까지 왜 그러나?"

바로 그때였다.

쾅!

무기고 문이 열리며 찰스와 베인이 달려 나왔다.

"오오! 저 빛나는 보주를 보라! 스피츠 님의 보주를 받은 것도 모자라, 그걸 강화까지 한다는 게 사실입니까? 아아, 스피츠 님의 총애를 그토록 받으실 수 있다니, 마왕님의 한계는 정말이지 놀라우십니다."

찰스는 거대한 팔뚝에 어울리지 않는 말을 하였고,

((나는 너의 그림자이지, 부하가 아니다. 그래서 그런지 괜히 기분이 좋은 듯하군. 그건 부하가 아니라서 그럴 거야.))

베인은 무슨 지가 강철 부하라고 홍보하고 다니는 것 같았다.

혹시나 모를 강철의 깽판이 두려워 구석진 데 찌그러져 있던 케인도 기회를 봐서 달려 나왔다.

"카이얀에서 마왕님 들고 계시던 장비 생각하면 5강화가 일축에나 끼겠습니까? 저는 미리 잔치 준비나 해 두겠습니다."

이놈 저놈 와서 한마디씩 하고 가는데, 아주 그냥 정신이 없었다. 강철은 다짐하듯 소리쳤다.
"어쨌거나 해낼 거다, 강화!"
 이거 깨면 16강 스태프 내다 팔 수 있다. 얼마 벌지 가늠도 안 된다! 음홧홧홧!
 강철의 표정이 너무도 확고한 탓이었을까?
"에잇! 우린 너무 극단적이야!"
 될 대로 되라는 양 스미든은 허공에 대고 소리를 질렀다.

렙업하는 마왕님

　북적했던 강당엔 강철과 스미든, 아리엘만 남았다.
　거사를 치러야 하는데 번잡스러워서 좋을 거 없단 강철의 말에 모두들 고개를 끄덕이며 흩어진 거였다.
　스미든은 일단 강화에 필요한 도구들을 강당에 마련해 두었다. 마왕성은 정말이지 없는 게 없어서, 스미든의 작업실에 있는 것보다 좋은 도구들이 즐비할 정도였다.
"스미든의 강화 교실을 시작하겠네."
　그런 이름 좀 안 붙였으면 싶은데?
"와아!"
　어색한 호응에 어색하게 망치를 들어 올린 폼까지!
　아리엘은 착해서 또 저런 거에 반응해 준다.

그렇다면 강철은? 당연히 무표정한 얼굴이었다.

스미든은 또 어디서 구해 왔는지 나무로 된 단상까지 준비했다.

그 앞으로 강철과 아리엘이 나란히 섰다. 강화에 필요한 도구는 앞에 적당히 세팅된 채였다.

"일단 강화를 하는 목적을 짚고 넘어가는 게 맞는 것 같군."

스미든은 참 교육자라도 된 것처럼 두 사람의 눈을 번갈아 맞춰 가며 말을 이었다.

"우리 마왕은 레전드리 템을 강화하기 위함이네. 맞나?"

강철은 입술만 움직여 '그냥 빨리해.'라고 답을 해 주었다.

"천사 같은 아리엘은 강화술을 배워 레벨을 올리려는 거고?"

"예!"

그녀가 힘차게 대꾸하자 스미든도 신이 나는지 활짝 웃었다.

"그런 이유에서라면 날 찾아온 게 정답이네!"

그 말 하고 싶어서 물어본 거지?

"강화의 핵심은 누가 뭐래도 강화석을 얼마나 잘 다루느냐일세. 마왕은 곡괭이질을 통달했으니 문제가 안 될 거고……."

곡괭이 얘기가 나와서 강철의 얼굴이 미묘하게 뒤틀렸다.
"아리엘 같은 초심자에겐 곡괭이보다 망치를 추천하는 편인데, 어떤가?"
"안 그래도 망치 들고 있었어요!"
"좋아. 곡괭이로 강화석 두드리는 건 사실 미련한 데다 미친 짓이거든. 마왕은 좀 특별한 케이스야."
이건 욕이야, 칭찬이야?
"어쨌거나 아리엘은 평범하게 가자고. 곡괭이질은 마왕밖에 못하는 거니까."
"좋아요."
거기까지 말한 스미든은 얼른 커다란 강화석을 꺼냈다.
"강화석엔 저마다 결정이 있네. 훌륭한 강화사는 그 결정을 제대로 추출해 낼 수 있어야 하지."
달고나 생각하면 쉽다.
동그라미 덜렁 있는 건 뽑기 쉽다만, 별 모양으로 툭 찍어 주면 바늘로 콕콕 찌르지 않고서는 정말 힘들지 않나.
일반 강화석이 동그라미쯤 되면 최상급 강화석은 별 모양쯤 되는 거다.
당연히 일반은 보상이 적고, 최상급은 보상이 많다.
"이게 평범한 강화석일세."
설명을 마친 스미든은 보랏빛 영롱한 돌덩이를 아리엘에게 건넸다.

"어디 장비와 합성해 보게."

아리엘 앞에는 마계 전용 템 중에 가장 초보적인 수준의 스태프가 놓여 있었다.

"10강화까진 되어 있네요?"

"그래. 11강화까지 만들어 보게."

아리엘은 스태프 위에 강화석을 올려 두곤 두 손으로 망치를 번쩍 들어 올렸다가,

꽈- 앙!

강화석을 내리찍었다. 그러자 강화석에서 보라색 빛이 뿜어져 나오며 사방에 퍼지는가 싶더니, 그중 일부가 아래 있던 스태프로 스며들었다.

그리고 곧,

팟! 콰직!

빛을 받아 번쩍임과 동시에 스태프가 산산조각 나 버렸다. 강화에 실패한 거였다.

"깨져 버렸어요······."

"그래. 강화석을 제련 없이 그냥 넣어 버렸기 때문이지."

스미든은 강철 차례라는 듯 강화석을 건네주었다.

"강화석을 제련하는 게 어떤 건지, 마왕이 직접 시범을 보여 주겠네."

이것저것 작업 도구가 즐비한 아리엘과 달리, 강철의 자리엔 곡괭이만 하나 덜렁 올라와 있었다.

이놈의 곡괭이질은 언제쯤 내 인생에서 빗겨날라나?
까앙! 까앙!
강철이 몇 번 곡괭이를 두드리지도 않았는데, 돌덩이였던 게 세공된 자수정처럼 빛을 뿜어 댔다.
"우와!"
아리엘의 입에서 탄성이 터져 나오는 건 당연했고,
"뭔가, 이 솜씨는?"
스미든까지 경악을 금치 못했다.
"그러게?"
때린 강철도 이건 좀 이상하다는 듯 곡괭이를 내려 두고 양손을 번갈아 봤다.
"뭐지?"
힘이 넘쳤고, 정확도는 말할 것도 없었다.
솔직히 강철도 좀 놀란 참이었다.
그동안 뭐 딱히 한 게 없는데? 전투 때 사이드 숙련도가 올랐을 테니 덩달아 올랐나?
추측이야 할 순 있겠다만, 확실한 걸 어찌 알겠는가?
'빌어먹을 곡괭이질! 늘든지, 말든지.'
그러나 스미든의 해석은 좀 다른 모양이었다.
"이젠 내 옆에 붙어만 있어도 실력이 막 느는 것 같은데? 뭔 버프라도 받은 것처럼? 내 기운 때문에?"
어떻게 저런 말을 저토록 진지한 얼굴로 할 수 있지?

전 개발자님을 믿었습니다 · 133

강철은 너무 황당해서 헛웃음이 다 나왔다.

그래도 저 영감, 아리엘 지킨다고 미친 듯이 싸웠다. 첫 전투라 많이 무서웠을 텐데도 말이다.

그래서 저런 반응쯤 밉지 않았다.

"영감, 여기서 더 해? 아님 말아?"

"응? 거기서 뭐 더 할 게 있나?"

스미든이 보기에는 지금도 충분히 훌륭했다. 그러나 강철에겐 그렇지 않은가 보다.

"못할 건 또 뭐야?"

까앙! 까- 앙!

강철은 무심하게 곡괭이를 휘둘렀다. 아무렇게나 때리는 것처럼 그냥 툭툭! 꽂는 거였다. 그럴 때마다 돌 뭉치가 퍽 퍽! 떨어져 나갔다.

"거, 거기서 더 하면 위, 위험한데?"

스미든이 우려의 뜻을 표했지만, 그깟 곡괭이질 눈 감고도 하는 강철이다.

짱! 짱!

타조 알만 하던 강화석을 반지 알맹이만큼 깎아 내고서야 강철은 곡괭이를 내려놓았다. 막 휘두르는 것 같았지만 정확히 결정만 남겨 두고서였다.

스미든은 이제 놀랄 리액션이 더는 남지 않은 것처럼 멍한 얼굴이 되었다.

말을 하지는 않았지만 강철도 다시금 놀라던 차였다.
 "자네 무슨 곡괭이질을 조각칼 다루듯 그리 섬세하게······."
 그러게? 이게 뭔 일이지?
 강철이 별다른 대꾸를 않자, 스미든은 강화석을 아리엘에게 내밀었다.
 "이거 보게나······."
 타조 알만 하던 게 반지만 해진 거다.
 아리엘도 놀랍다는 듯 그것을 한참이나 바라보았다.
 "이, 이걸로 강화를 해 보게."
 강화석을 건네받은 아리엘은 결과가 궁금했는지 얼른 망치를 들었다. 작업대엔 아까와 같은 10강 스태프가 놓인 채였다.
 신경을 집중하지 않고는 망치질도 쉽지 않을 크기의, 말 그대로 강화석 결정체였다.
 아리엘은 마법을 쏠 때처럼 정신을 집중했다.
 꽈- 앙!
 망치가 꽂히자 다시금 강화석에서 빛이 뿜어져 나왔다.
 사방으로 분산되던 아까와 달리 이번에는 그 빛이 스태프에만 온전히 집중되었다. 그러자 장비와 강화석이 서로를 끌어당기는 자석처럼 쩍 들러붙었고, 빛이 그 틈을 가득 메워 주었다.
 그오오! 팟!

전 개발자님을 믿었습니다

[강화에 성공하셨습니다.]

과연 스태프엔 동색 아우라가 더해져 있었다. 11강 장비 특유의 빛깔이었다.

"우와!"

아리엘은 정말 놀란 듯 소리쳤다. 망치를 든 손을 가늘게 떨기까지 하면서 말이다.

"이거, 손맛이 정말 장난 아닌데요?"

"그래, 그게 강화야. 그 손맛 한 번 본 사람은 빠져나갈 수가 없지."

"마왕님! 정말 대단해요!"

염병! 이놈의 곡괭이질은 왜 늘었지?

강철은 그냥 입만 삐죽였다. 그러자 스미든이 얼른 망치를 들고 나섰다.

"아리엘, 이제 자네도 저걸 해야 하는 거야. 망치 들고, 강화석을 땅땅!"

강철의 솜씨가 너무 대단했던 걸까?

그걸 따라 하느니 차라리 마법을 더 수련하는 편이 훨씬 효율적인 게 아닐까, 아리엘은 진지하게 고민하는 눈치였다.

하기야 아리엘이 굳이 강화술로 레벨을 올릴 필요는 없는 거니까.

그녀의 표정을 읽은 스미든이 얼른 그녀를 다독였다.

"에이! 저 양반은 정말 특수한 경우라니까? 마왕에 비교해서 재능이 있다, 없다 판단하면 인생 피곤해서 못 살아. 정말이야."

스미든은 얼른 좀 한마디 거들어 달라는 듯 강철을 바라봤다.

"아리엘, 이거 돈 한 푼 안 돼. 하지 마."

그러나 강철은 손을 휘휘 저어 가며 그녀를 말렸다. 곡괭이질이나 망치질이나, 거기서 거기 아닌가 싶어서였다.

"내가 아리엘이면 유저 놈들 썰고 돈 수억 벌지, 곡괭이질 안 해."

아, 아리엘은 유저 죽여도 돈 못 버나?

"정 안 되면 내 옆에서 보디가드를 해. 그게 백번 낫다."

강철은 말을 뱉고서 잠깐 고개를 갸웃했다. 그녀도 따라 고개를 갸웃하는 게 보였다.

갑자기 보디가드가 왜 나왔지?

말은 그렇게 하면서도 강철은 머릿속에 아리엘의 경호를 받으며 싸우는 모습을 상상해 보았다.

아리엘이 유저 잡는다고 돈 버는 것도 아닐 테니, 일단 막타 욕심은 안 부릴 테고!

강철이 좀 위험하다 싶으면 생존 마법 딱딱 걸어 줄 테니, 생존률도 꽉꽉 오를 거고!

그냥 한 소린데, 그렇게만 되면 편하긴 하겠다.

전 개발자님을 믿었습니다

'하기야 넥씨 놈들도 그런 건 상상도 못해 봤겠지.'

마왕이 랭커를 포섭해서 경호받는 거, 누가 상상이나 해 봤겠는가?

강철이나 되니까 돈 벌라고 얼굴에 철판 까는 거지, 이거 아무나 말 못한다. 부끄러워서!

'난 필요하면 할 수 있지롱! 음홧홧홧!'

뭐, 어쨌건 당장 필요한 건 아니었다.

일단 마왕성이 업데이트될 때까지 시간이 좀 있으니, 열심히 준비하는 게 우선이었다.

강철은 슬쩍 아리엘을 바라봤다.

스태프를 보물처럼 들고 다니던 그녀라서 빈손은 역시나 허전해 보였다.

'레전드리 템 하나 해먹었으니까, 급한 대로 뭐 하나 들려주긴 해야 하는데.'

안 그러면 자꾸 마음의 빚이 생기잖아! 빚이라면 이제 지긋지긋하다고!

"스미든."

"으응?"

"이왕 할 거면 제대로 가자."

"뭘?"

"일단 강화석부터 가져와. 아까처럼 허접한 거 말고 최상급, 가장 다루기 힘든 걸로."

강철의 표정이 너무 단호했을까?

'아리엘까지 껴서 강화 군단을 만들어야 되는데!'

스미든은 속에 있는 말을 꾹 삼키며 일단 무기고로 향했다.

깡! 까앙!

전만 해도 최상급을 다룰 때면 땀이 비 오듯 쏟아졌는데, 지금은 제법 여유가 붙었다.

전보다 속도가 빨랐고, 결과물도 훌륭했다.

이제 스미든은 놀라지도 않았다. '원래 괴물이겠거니' 하고 이해하길 포기한 눈치였다.

강철이 최상급 강화석을 결정만 뽑아 10개쯤 늘어 놨을 때였다.

[상급 강화사의 강화술 숙련도가 10 올랐습니다.]

[마스터급 강화사로 승급하셨습니다.]

에잇! 승급하면 돈 몇 푼 쥐여 줘야 힘도 나고 할 텐데, 애들은 한결같이 메시지 몇 줄로 입을 싹 닫았다.

강철은 무슨 일이 있었냐는 듯 다시 곡괭이를 휘둘렀다.

깡! 까앙!

일단 아리엘의 장비를 강화할 생각이었다.

무기고에 있는 템은 기본으로 거래 불가, 이계 사용 불가 옵션이 붙어 있어서 주고 싶어도 줄 수가 없었던 거다.

그러니 정 쥐여 주고 싶으면 만들어서 줄 수밖에.

'그러다 대박 쳐서 16강쯤 띄우면 인간적으로 반 나누자고 하면 되잖아?'

그래! 이왕 강화를 할 거라면, 거래도 안 되는 마계 템보다야 내다 팔 수 있는 템으로 하는 게 백 번, 천 번 낫다!

깡! 까앙!

그렇게 최상급 강화석을 10개나 더 작업하고 나서야 강철은 곡괭이를 내려놓았다.

스미든은 단상에 몸을 기댄 채로 꾸벅꾸벅 졸았고, 아리엘은 그 옆에 서서 빛나는 눈으로 강철을 보고 있었다.

잠시 눈이 마주쳤을까?

"혹시 남는 스태프 없어?"

강철이 물었다.

"스태프요?"

고개를 갸웃한 그녀는 인벤토리를 뒤져 적당한 스태프를 하나 꺼내 주었다.

레어 등급의 아주 평범한 스태프였다.

남는 걸 달라고 해서 이걸 꺼내 줬나 보다.

"레비아탄의 스태프를 얻기 전에는 뭐 썼어?"

"아, 잠시만요."

그녀는 인벤토리에서 파란색 스태프를 꺼내 들었다.

꼭대기에 번개 문양이 음각된 라이트닝 계열 특화 스태프였다. 에픽 등급이었고, 12강화였다.

"응? 12강?"

"아, 라이트닝 마법은 옵션 덕분에 13강화쯤 효율을 뽑아 낼 수 있어요."

"흐음."

물론 요즘 하도 휘황찬란한 템을 많이 봐서 그렇지, 12강만 돼도 고강화 템이 맞긴 하다.

"아리엘."

"예?"

"그 스태프 줘 봐."

최상급 강화석 결정만 20개를 깔아 놓고 하는 말이다.

스태프를 건네면 강철은 반드시 강화를 할 거였다.

남의 템으로 연습할 사람도 아니고, 아리엘의 템을 강화해 주고 싶단 뜻이 분명해 보였다.

"전 괜찮아요."

레전드리 템이 날아가서 미안한 마음에 그런 거라는 것, 아리엘도 잘 알았다.

"일단 15강까지만 가 보자."

"예?"

괜찮다고, 날아간 템 같은 거 이제 신경 써 주지 않아도 된다고 말하려던 아리엘은 순간 자신의 귀를 의심해야 했다.

"15강… 을 만든다고요?"

15강뿐이냐! 16강 띄우면 반띵할 건데!

놀란 그녀와 달리, 강철은 일렬로 세워 둔 강화석 결정들을 바라보았다. 그리고 유독 영롱한 빛을 뿜어 대는 것을 추려 아리엘에게 내밀었다.

"마음에 드는 게 몇 개 나왔거든."

과연 강화석 결정들은 반짝반짝! 강철의 손을 밤하늘 삼아 별처럼 빛나고 있었다.

☞

의문의 동영상 하나가 인터넷에 올라왔을 때, 그 반응은 폭발적이었다. 제논 길드가 피몬스터의 영상을 올렸을 때보다 더 대단했다.

영상의 제목은 '아리엘, 척살대의 운명.avi'였는데, 올린 지 하루 만에 벌써 조회수 천만을 넘길 정도였다.

〈선발대 븅신 새키들 ㅋㅋㅋ 가자마자 뒈지네 ㅋㅋㅋ 제논 새키들인 듯ㅠ〉
〈카오스 길드 애들 템 상태 오진다 ㅎㄷㄷ〉
〈시발! 미쳤네. 사람 하나 잡는다고 길드 하나가 통째로 가냐? 저게 사람 새끼들임?〉

영상을 올린 사람은 제논 길드의 권경우였다.

애초에 아리엘을 잡을 생각보단 동영상을 찍어 올리기 위해 따라간 게 더 컸다. 덕분에 영상 자체는 아주 양호하게 촬영돼 있었다.

〈아리엘 앞에 선 탱커 새끼 장비 보소. 카오스 길드 놈들 쌈 싸먹을 수준이네.〉
〈황금 템 쩐다, 진짜!〉
〈근데 그거 들고 존나 못 싸움 ㅋㅋㅋ〉
〈사실상 딜은 옆에 사신 새끼가 다 넣음 ㅋㅋ 아, 자세히 보니 사신도 별거 없는 듯 ㄲㄲ〉

이렇듯 다양한 반응 중에서도 추천을 많이 받은 댓글은 따로 있었다.

〈근데 왜 이 파티는 한 새끼만 보고 싸움?(추천 36,823, 비추천 624)〉

처음에는 별 반응이 없는 댓글이었는데, 이상하게 댓글로 싸움이 시작되면서 추천이 늘기 시작했다.

〈그럼 지들이 아리엘 말 들어야지, 별수 있음? 쩌리 새끼들이 아리엘 오더 받고 싸우는 게 맞지. ㅂㅅ 별걸 다 갖고

트집이여!〉

〈위에 놈 븅신임? 아리엘도 딴 새끼 명령 받고 있거든?〉

〈미친! 아리엘이 랭킹 1위인데, 뭔 개솔?〉

〈모니터 끄고 영상 보고 계심? 아리엘 비롯한 모든 놈들이 지금 사이드 든 새키만 계속 보고 있는 거 안 보임?〉

〈???〉

이럴 땐 추천 많이 박히는 게 이기는 거다.

〈사이드가 사실은 오더인 부분?〉

〈그렇게 볼 수밖에 없는 게, 저 새키가 입 벌리면 일사불란하게 움직임.〉

〈위에 놈 일사불란이 뭔지 모름? 저 드워프 존내 뒤뚱거리는데 일사불란?〉

〈하여간 저놈들이 사이드 든 놈한테 오더 받는 건 사실인 듯.〉

〈근데 사이드 든 새킨 뭐 하는 놈인데 아리엘한테 오더를 내림?〉

사람들은 강철에게 관심을 보였다.

그도 그럴 것이 네임드 유저도 아닌 강철이 거기 껴 있으니 관심이 쏠리는 게 당연했다.

〈보면 레벨은 낮은데 은근히 안 맞음.〉
〈그러게 ㅋㅋㅋ 뒈질 듯 뒈질 듯 존내 안 뒈짐 ㅋㅋㅋ〉
〈딴 건 몰라도 저 새끼 눈빛 하나는 ㅎㄷㄷ〉
〈근데 저 눈빛 어디서 본 거 같지 않음?〉
〈그러게? 어디서 봤더라?〉
〈야동 품번도 아니고 눈빛으로 사람 어케 맞힘?〉
〈일단 수사대 출동했으니 곧 검거각!〉

어느덧 댓글이 50만 개를 돌파했다.
사실 아리엘 대 전체 길드의 싸움 자체만으로도 충분한 이슈거리긴 했다.
하지만 이렇듯 짧은 시간에 조회수 천만을 넘긴 건, 이 영상에 포착된 장면 자체가 특별하기 때문이었다.
사람들이 주목한 건 아리엘의 스태프가 깨지며 빛을 뿜어내던 마지막 장면이었다.

〈시발! 카오스 길드 썹쌔끼들, 여자 하나 다구리 놓으러 가서 기어코 템 부숴 놨구나.〉
〈네들이 사람 새끼들이냐? 아리엘 불쌍해서 어쩌냐? 내 가슴이 쓰리다. 어휴! 레전드리 템!〉
〈사이드 든 그놈 봤냐? 아리엘 지킨다고 끝까지 존내 싸우더라. 감동 쓰나미 오졌다.〉

동영상이 인터넷을 뜨겁게 달굴 동안, 넥씨 소프트의 주가야 말해 뭣하겠는가? 접속자가 급증한 덕에 아이템 판매량도 그만큼 늘어, 주식뿐만 아니라 매출액도 수직 상승했다.

 누가 보면 매출 상승을 위해 이런 동영상을 넥씨 측에서 일부러 뿌린 줄 알 정도였다.

 그 뒤로도 조회수는 계속 올랐다. 아리엘에 대한 염려와 카오스 길드에 대한 분노, 그리고 사이드를 든 유저에 대한 궁금증이 커뮤니티를 뜨겁게 달구고 있었다.

"이런 씨발!"

 카오스 길드 길마, 인면수심 공혁준은 잔뜩 독이 올랐다.

 척살에 실패한 건 그렇다 치자.

 뒈진 것도 열 받아 죽겠는데, 인벤토리를 보니 템이 하나도 없는 거다.

 이게 대체 무슨 일이냐고 넥씨에 문의했지만, 버그가 아니며 정상적인 상황이라는 답변이 날아왔다.

 납득할 수 없던 공혁준은 넥씨에 로그 기록을 요구했지만, 그에 대한 답은 아직 돌아오지 않은 상황이었다.

 모르긴 몰라도, 아리엘이 쏟아 낸 빛이 모든 템을 날린 건 아닌지 추측할 뿐이었다.

 쾅!

공혁준은 주먹으로 캡슐을 내리찍었다.

정예 부대가 다 텀을 날려 먹었으니, 길드의 존폐가 위태로울 지경이다.

위에서 누가 툭툭 던져 주기라도 하듯 악재는 하여간 꼭 겹쳤다. 하필 지금 척살대 영상이 떠도는데 여론이 정말 좋지 못했다. 수백의 인원이 여자 하나 썰러 가는 게 말이나 되냐는 반응이 대다수였다.

"이런 개새끼! 선발대 섰던 그 새끼가 영상 올린 거 맞지?"

"예……."

부길마 윤홍식도 속이 부글부글 끓던 차였다.

"영상 내리라고 연락해 봤어?"

"연락이 안 됩니다. 애초에 영상을 찍어 올릴 목적으로 저희에게 접근했던 거 같습니다. 그러지 않고서야 카메라 워크가……."

"미친! 잘 나와서 고맙다고 답례라도 하랴?"

"아닙니다."

"씨발!"

공혁준은 분에 못 이겨 쾅! 다시 캡슐을 내리쳤다. 그를 둘러싼 길드원들은 죄다 고개를 숙인 채였다.

"이게 다 그 개새끼 때문이야……."

"제논 길드 그놈을 선발대로 받는 게 아니었는데……."

"그 새끼 말고!"

"예?"

"사이드 들고 설치던 그 새끼 있잖아."

공혁준의 말에 윤홍식은 잠깐 눈알을 아래로 굴렸다가 '아!' 하고 말을 받았다.

"그놈이 오더를 내리고 있었어. 아리엘이 의존해서 명령을 따를 정도면 분명한 실력자일 게 틀림없어."

"하지만 레벨이 낮았잖습니까? 그렇게 위험이 되진 않을 거 같은데……."

"멍청한 놈! 그러니까 레벨이 낮을 때부터 미리 조져 놔야지. 더는 성장할 수 없도록."

"아!"

아리엘을 돕는 인간은 어떻게 되는지 이참에 확실하게 보여 줄 생각이었다. 그래야 아리엘을 철저히 고립시킬 수 있을 테니까.

"일단 연합 길드 쪽에라도 그 새끼 인상착의랑 특징 뿌려 놔. 어디든 발붙이면 밟아 버릴 수 있도록."

"동영상이 하도 떠돌아서 굳이 인상착의를 뿌릴 필요가……."

"씨발! 자랑이다!"

"죄송합니다."

윤홍식의 반응에 길마 공혁준의 얼굴이 일그러졌다.

송재균은 심각한 얼굴로 서류를 노려보고 있었다.

이번에 문제를 일으켰다며 카오스 길드 쪽에서 요구한 로그 자료였다.

개발1팀의 이준환 역시 문제가 있다는 의견이었다.

턱을 괸 채 로그 기록을 살피던 송재균의 눈에 의아한 기색이 떠올랐다.

"이게 뭐지?"

아리엘의 스태프가 갈라지며, 안에 응축된 에너지가 밖으로 뿜어져 나올 때의 데이터였다.

뿜어져 나온 에너지의 총량이 100만이나 되는데, 적에게 들어간 에너지는 10만이 채 되지 않았다. 그럼 남은 90만의 에너지는 어디로 사라졌단 말인가?

레전드리 템이 부서지며 뿜어 댄 에너지다. 그렇게 허망하게 공중에 흩뿌려졌다고 볼 순 없었다. 아니, 허공에 사라졌대도 로그에는 기록이 돼 있어야 옳았다.

"왜 기록에 없는 거지?"

송재균은 얼른 자리로 돌아와 그때의 영상을 찾아보았다. 인터넷을 뜨겁게 달구고 있는 덕분에 굳이 서버를 뒤지지 않아도 쉽게 찾을 수 있었다.

풀 동영상을 10번쯤 돌려본 그는, 이제 어느 특정 구간을 따로 떼어 내어 그 부분만 반복해서 체크했다.

아리엘의 스태프가 부서지며 빛을 뿜어 대는 광경이었는데, 그 빛이 강철에게 쏟아지는 딱 그 구간이었다.

송재균은 그 장면을 내리 20번쯤 보고 난 뒤에야 수화기를 들어 이준환에게 연락을 취했다.

"송재균입니다. 강철 씨에 대한 로그만 따로 보내 주세요."

(예?)

레비아탄의 스태프가 깨지기 전과 후, 강철에게 어떤 변화가 일어났는지 체크하기 위함이었다.

"지금 바로 보내 주세요."

송재균은 별다른 이유 따윈 설명하지 않고 수화기를 내려놓았다.

후우! 도대체 일이 어떻게 되고 있는 걸까.

송재균은 답답했다.

시간이 흐를수록 일이 수습되기보다 점점 걷잡을 수 없는 방향으로 흘러가는 것만 같았다.

정말 어떤 식으로든 손쓸 방도가 없다면, 예정된 대규모 업데이트를 핑계 삼아 게임을 뒤집어엎는 것 말곤 답이 없어진다. 그럼 보름쯤 점검한답시고 게임을 닫을 수밖에 없다.

'개발자들이 NPC를 컨트롤하지 못해, 몇조나 되는 손실

을 안겼다고 소문이라도 난다면……'
 그럼 송재균은 말할 것도 없고 팀장급은 죄다 짐을 싸야 한다.
"하아!"
 도무지 방법이랄 게 없는 건가.
 그때였다.
 똑똑똑.
 로그 기록 보내 달랬더니 직접 들고 왔나?
"들어오세요."
 철컥! 끼이익!
 문이 열렸고,
"거기 테이블에 두고 가세요."
 당연히 개발1팀 이준환이 있어야 할 곳엔,
"재균 씨, 대화 좀 할 수 있을까요?"
 넥씨 소프트 김택수 의장이 서 있었다.

 둘은 테이블을 사이에 두고 서로 마주 보고 앉았다.
 김택수 의장은 하얀 셔츠 위에 남색 니트를 입은 편한 복장이었다. 검고 둥근 뿔테 안경 너머 특유의 부드러운 미소를 머금은 채였다.
 뜻밖의 방문에 송재균은 가슴이 두근거렸다.
 창업 때부터 함께한 사이라 막역하다면 막역한 사이인데

전 개발자님을 믿었습니다 • 151

도 오늘은 꼭 심장이 두 배는 빨리 뛰는 기분이었다.

'말을 해야 하나?'

한다면 어디서부터 어디까지 말을 한단 말인가.

해결책으로 스피츠를 컨트롤하겠다고 말해야 할지, 아니면 정말 서비스를 보름쯤 중지해야 한다고 말해야 하는지.

무엇을 해결책으로 제시하느냐에 따라 부하 직원들이 회사에 남을 수도, 실직자가 될 수도 있는 상황이었다.

송재균의 머리가 복잡하게 돌아가고 있을 무렵, 김택수 의장이 먼저 입을 열었다.

"인터넷이 시끌시끌하더군요."

"예?"

"NPC를 그렇게 활용할지 누가 생각이나 했겠습니까?"

이게 대뜸 무슨 말인지, 송재균은 아랫입술만 꾸욱 깨물었다.

"저도 동영상 확인했습니다. 아리엘이란 유저를 해치우겠다고 수많은 인원이 달려든 그 영상 말입니다."

"아, 예."

"드워프가 황금 갑옷 입고 탱킹하는 거 보고 유저들이 그러더군요. 우린 이 게임 절반도 모르는 거 아니냐고. 저런 게 숨어 있을지 누가 알았냐고."

"……."

"그런 댓글들 보면 저는 참 기분이 좋습니다."

갑갑한 송재균에 반해 김택수 의장은 신이 난 듯 눈을 빛내며 말을 이었다.
"사이드 들고 있던 그 유저가 마왕 맞지요?"
"예."
"원래 밸런스 때문에 이계에는 무기를 못 들고 나오게 콘셉트를 잡았던 것 같은데, 특별히 풀어 주셨나 봅니다. 그런데 그게 정말 주요했어요."
송재균이 풀어 준 게 아니다. 그가 막아 둔 것을 스피츠가 퀘스트를 통해 열어 버린 거다.
그로서는 스피츠한테 제대로 한 방 먹은 건데, 김택수 의장은 그게 뛰어난 이벤트라고 칭찬하는 중이었다.
"마왕이 포착된 동영상이 두 번 올라왔는데, 그때마다 조회수가 폭등하고, 매출이 팍팍 오릅니다. 이게 다 개발자님 덕분입니다."
"아… 예."
"이런 얘기를 하는데, 혹시 불편한 부분이라도 있으십니까?"
"아닙니다."
김택수는 송재균의 표정을 살폈다.
송재균이 짧은 대답으로 일관하니 뭔가 불편한 구석이 있는 건 아닌가 싶어서였다.
"전 개발자님을 믿었습니다. 보기 좋게 해내실 줄 온전히 믿고 있었습니다."

 아마 김택수 의장은 송재균을 독려하기 위해 찾아왔을 거다. 김택수 의장만은 언제고 송재균의 편을 들어 줬으니까.

 레이드 몬스터가 하루를 못 버티고 공략당할 때, 이사회에선 개발자들 갈아 치워야 한다고 난리도 아니었다.

 결국 송재균이 유저를 마왕으로 만들겠다는 대안을 제시했고, 그걸 끝까지 밀어준 것도 김택수였다.

"이번에 인터넷이 시끌시끌해지고, 복귀 유저, 신규 유저가 쏟아졌습니다. 덕분에 유료 아이템 구매 매출만 4백억입니다."

 유저가 늘어서 아이템이 4백억쯤 팔렸으면 주가야 말할 것도 없을 거다.

"마왕성이 업데이트되면 더 대단하겠지요?"

 김택수는 모든 공을 송재균에게 돌렸다. 강철을 모셔 오기로 한 게 송재균의 작품이기 때문이었다.

 하지만 그런 식이라면 스피츠가 제멋대로 움직인 것도 송재균의 탓인 거다. 강철이 온 뒤로 스피츠가 돌발 행동을 하기 시작했으니까.

 어디서부터 어떻게 말해야 할지 고민 중이던 송재균에겐 좀처럼 말할 기회가 보이지 않았다.

"개발자님, 이참에 공격적인 프로모션을 진행했으면 하는데, 어떠신지요?"

"프로모션이요?"

"업데이트가 얼마 남지 않은 만큼 홍보도 할 겸, 마왕을 이계에 불러내는 겁니다."

송재균은 이게 무슨 말인가, 잠시간 멍한 얼굴이 되었다. 김택수는 뭔가 대단한 말을 한다는 것처럼 눈을 빛냈다.

"동영상 속 그 괴물이 유저들을 찾아간다고 공지하는 겁니다. 이게 일주일 뒤에 업데이트될 최종 보스몹이라는 걸 지칭해서 말입니다."

"······?"

"마왕의 최초 공략자에게 역대 최고의 아이템이 보상으로 주어진다고만 해도 난리가 나지 않겠습니까?"

송재균은 다시금 아랫입술을 꽉 깨물었다. 이런 분위기에서 보름쯤 서버를 닫아야 한다는 말 따위 도저히 할 수 없어서였다.

"마왕에겐 공략한 유저 수만큼 약속된 보상을 지급하는 겁니다. 유저나 마왕 모두에게 윈윈 아닐까요?"

"금액적인 부분이······."

"당장 매출이 이렇게나 오르는데 누가 반대할 수 있겠습니까? 제가 밀어드리겠습니다. 개발자님은 상상력을 더 발휘해 주시기만 하면 됩니다."

프로모션을 위해서라면 마계 템에 붙어 있는 이계 사용 불가 옵션을 잠시나마 풀어 두는 수밖에 없다.

송재균은 이 모든 게 스피츠가 원하는 방향대로 흘러가는 건 아닌가, 갑갑한 마음이 들었다.

하지만 어쩌겠는가. 의장이 밀어붙이는 일인 것을.

후우!

송재균의 입에서 한숨이 절로 새어 나왔다.

렙업하는 마왕님

아리엘과 스미든이 기대에 찬 눈으로 지켜보는 앞이다.

강철은 곡괭이를 번쩍 들었다. 강화 포인트 쌓는다고 하는 거면 겁나 지루한 일인데, 16강화해서 반땡한다고 생각하니 거짓말처럼 어깨가 가볍게 느껴졌다.

'일단 13강부터 만들어 보자!'

힘껏 곡괭이를 내리찍자 깡! 소리와 함께 강화석에서 보랏빛 기운이 뿜어져 나왔다.

그게 곧 스태프에 스며 들어가고 서로 쩍 붙는가 싶더니, 그오오오! 팟!

[강화에 성공하셨습니다.]

몹시 반가운 문구가 떠오른 거다.

"한 방에 성공이라니!"
스미든이 먼저 놀라 소리쳤고,
"강화 이거 재밌는 거였네요?"
아리엘은 흥이 오른 표정이었으며,
"후우!"
그제야 강철은 안도의 한숨을 내쉬었다.
느낌이 좋았다곤 하지만 불안함을 완전히 지울 순 없었던 거다.
"14강 바로 가 보자."
강화석을 놓고 곡괭이를 번쩍 들어 올렸을 때, 스미든이 후다닥 달려와 강철의 앞을 가로막았다.
"자네, 이걸 바로 가겠다고?"
"그럼?"
강철의 말에 스미든은 황당하다는 듯 혀를 내밀었다.
"에이! 좀 쉬었다가 해야지. 연달아 가는 건 너무 위험한 일이야."
"왜?"
"어떤 강화사도 강화를 성공한 직후에는 망치를 잡지 않아. 같은 행운이 연달아 일어나길 바라는 건 너무 큰 욕심이라서 그렇지."
기껏 강화석 깎아 놨더니, 뭔 행운 타령이야?
강철이 답답하단 생각을 하고 있을 때 아리엘이 조용히

다가왔다.

"흐름 왔을 때 한 방에 가죠?"

"아리엘, 이거 깨지면 말이야, 답도 없단 말이야."

스미든은 자기 일처럼 걱정했지만,

"깨지면 깨지는 거죠, 뭐."

오히려 아리엘은 담담했다.

벤츠 끌다 똥차 타느니, 차라리 걸어 다니겠다는 듯 쿨한 표정이었다.

강철은 아리엘의 강단이 마음에 들었다.

아리엘은 본인의 각오를 증명이라도 하듯, 인벤토리에 있던 장비들을 꺼내 죄 바닥에 깔기 시작했다.

누가 시킨 적도 없는데 말이다.

척, 척, 척, 척, 척.

얼마나 시간이 흘렀을까? 아이템이 끝도 없이 늘어서 있었다. 인벤토리뿐만 아니라 창고까지 다 턴 모양이었다.

작업을 마친 아리엘의 얼굴이 평소와 달리 잔뜩 상기돼 있었다. 머리칼이 얼굴에 잔뜩 붙은 채로 어깨를 들썩여 가며 숨을 몰아쉴 정도였다.

"오늘 강화로 끝장을 보죠?"

분명 그런 의미는 아닐 텐데, '이거 다 깨 먹으면 네가 사람이니?' 하는 말처럼 들려서 솔직히 부담은 좀 됐다.

"들었지? 스미든, 강화석 있는 대로 가져와 봐."

강철은 저도 모르게 강화석을 찾았다.

모루 위에 검을 올려 두었다. 에픽 등급이라 그냥 팔아도 10만 원은 받을 수 있는 템이었다.

솔직히 이런 건 쟁여 뒀다가 현금 거래해서 밥이라도 한 끼 먹는 게 낫지 않을까?

아리엘은 살짝 긴장한 얼굴이었다.

돈 10만 원 날릴까 봐 그러는 건 아닐 거다.

강화 자체가 주는 묘한 긴장감 같은 게 있는데, 아마 그녀도 그걸 느끼는 모양이었다.

강철은 미리 깎아 둔 강화석을 꺼내 검 위에 올려 두었다.

"간다!"

깡!

곡괭이를 들어 강화석을 때리자 보랏빛 기운이 검으로 빨려 들어갔다.

팟!

[강화에 성공하셨습니다.]

어차피 +10강까지는 실패해도 깨지지 않는다. 강화에 성공할 확률이 엄청 높기도 하고.

깡! 깡! 깡! 깡! 깡! 깡! 깡! 깡!

강철은 순식간에 아홉 번의 강화를 성공시켰다.

[+10 카룬의 장검]

[등급:에픽]

지금 팔아도 현금 50만 원은 받을 수 있다!

물론 여기서 11강 띄우면 200만 원, 12강까지 가면 1,000만 원쯤 받긴 할 거다.

"갈까?"

"그럼요."

강철은 미리 깎아 둔 강화석 중에서도 제법 영롱한 것을 골라 장비 위에 올려 두었다.

곡괭이질 한 방에 돈 100만 원이 붙었다, 떨어졌다 하는 거다. 긴장이 안 될 수가 없었다.

될 거야. 강화석 잘 깎았잖아? 충분히 할 수 있어.

생각은 그렇게 해도 꿀꺽! 절로 침이 넘어갔다.

"에잇!"

부우웅! 텅!

[강화에 실패하셨습니다.]

염병! 깨질 땐 곡괭이 소리부터 다르구나!

강철은 자신도 모르게 제일 먼저 아리엘을 쳐다봤다. 50만 원이 날아갔는데도 그녀는 눈 하나 꿈쩍하지 않았다.

강화를 하기 전이 오히려 긴장돼 보이고, 깨지고 나면 차라리 평온한 얼굴이 되었다.

저벅저벅.

그녀는 아무렇지 않은 얼굴로 다가와서,

"바로 가죠?"

다음에 강화할 아이템을 내밀기까지 했다.

그때였다.

쿵쿵쿵쿵!

사뿐히 걷는 아리엘과 전혀 다른 발소리였다.

과연 강화석을 가지러 간 스미든이 집채만 한 주머니 두 개를 질질 끌고 오며 소리쳤다.

"여기, 강화석 있는 대로 쓸어 왔네! 어디 축제를 벌여 보자구!"

텅!

[강화에 실패하셨습니다.]

축제는 씨!

허공에 돈 뿌리는 건 불꽃 축제랑 닮긴 했다만… 젠장! 그건 멋있기라도 하지!

텅! 쩌직! 에잇!

쩌앙! 우당탕! 오냐!

카깡! 퍼석! 젠자- 앙!

정말 쉬지 않고 두들겼는데, 한 번도 12강을 넘어 보지 못했다.

잘 제련된 강화석을 들이붓다시피 했는데도 말이다.

'아까 13강은 대체 어떻게 한 거지?'

뭘 어떻게 했겠냐. 그냥 운이 좋았겠지.

그 와중에 다행인 건 13강 스태프는 따로 빼놨다는 거였다.

'별게 다행이다, 참······.'

강철은 갑갑한 마음에 이를 부득! 갈았다.

아리엘 보기 정말 민망했는데, 그래도 그냥 넘어가긴 그래서 각오라도 한마디 해야지 싶었다.

"아리엘, 내가 진짜 독하거든?"

"저도 보통은 아니에요."

그래. 아템 깔아 둔 거 보면 너도 보통은 아니더라.

아템 부서져도 눈 하나 꿈쩍 않는 것도 그렇고.

"곡괭이질 하는 거 봤지? 나 한 번 시작하면 끝을 보는 성격이야."

"잘됐네요. 저도 인생 직진이라서요."

쿵짝 잘 맞는 거 보소!

그래! 여기 뒤 안 돌아보는 사람 둘이나 있거든?

해 보자! 강화 너 이 새끼, 어디 한 번 끝장을 보자.

퉤퉤!

강철은 손에 침을 뱉고는 다시 곡괭이를 말아 쥐었다.

깡!

[강화에 실패하셨습니다.]

강화의 끝은 패가망신이다.

강화로 재미 볼 수 있었으면 넥씨 놈들이 이거 만들었겠냐?

그 당연한 사실을 왜 장비를 해 먹기 전엔 알 수가 없는 거지?

카지노에서 돈 버는 건 카지노 주인뿐이라는 걸, 왜 꼭 빈손으로 나와야만 깨닫는 걸까?

강철은 산산조각 난 장비들을 보며, 이게 잘하는 짓인가 고민했다.

그래. 곡괭이질은 땅이라도 파니까 뭔가 하고는 있구나 마음의 위안이라도 있었다.

근데 이놈의 강화는 실패하면 깨져 버리니, 자꾸만 등신 짓 하는 것 같아서 기분이 이상했다.

맨 처음 했던 스태프를 제외하고 여태까지 기록은 12강이 최고였다.

뭐랄까? 돈 천만 원 로또 긁어서 3등만 두어 번 된 기분이었다.

"쉬시게요?"

아리엘도 참 대단했다. 자기 템 다 박살이 나고 있는데, 눈 하나 꿈쩍 않는 폼이 그랬다.

멋쩍은 강철은 괜히 스미든을 바라봤다.

"강화술이고 지랄이고, 이거 다 운 아니야?"

"운도 실력이란 말이지."

깡!

[강화에 실패하셨습니다.]

그 순간에도 장비는 깨져 나갔다. 꼭 장비가 부서지며 나는 소리가 '너 운 존내 없구나.' 하는 것 같았다.

"이 정도 했으면 한 번 뜰 법도 한데?"

이젠 스미든까지 이해할 수 없다는 듯 고개를 갸웃하다가,

"아! 시작부터 13강을 띄웠으니, 그때 자네 운을 다 썼다고 보는 게 맞겠구만!"

갑자기 무슨 운 타령을 해 대는 게 아닌가?

"A급 강화사들도 평생 한 번 할까 말까 한 게 13강화일세. 자네는 시작부터 큰 복을 누린 거야."

복은 개뿔!

깡!

[강화에 실패하셨습니다.]

복 두 번 받았다간 패가망신하겠다.

대충 봐도 깨진 장비들만 한가득이었다. 현금으로 천만 원쯤 써 보지도 못하고 태워 먹은 거였다.

강철이 허탈한 얼굴로 멍하니 서 있을 때였다. 더 속이 쓰려야 할 아리엘은 오히려 담담해 보였다.

레전드리 템을 스스로 깨뜨렸던 그때처럼 평온하지만 각

오가 담긴 눈으로 그녀는 천천히 다가왔다.

"어차피 이게 목표인 거잖아요? 화끈하게 해 버리죠! 그냥!"

그녀는 13강짜리 스태프를 내밀었다.

스태프 끝에 음각된 번개 문양이 꼭 스태프의 앞날을 예견하는 것만 같아 기분이 찝찝했다.

"뭐 어때요? 괜찮아요."

아리엘은 그녀의 방식대로 강철을 응원했다.

"아리엘, 이거 13강이니까 2천만 원은 할 거거든?"

"알아요."

"라이트닝 특화 옵션이 있으니, 그쪽 계열 법사들은 3천만 원이라도 살지 몰라."

"그럴 수도 있겠네요."

근데도 할 거냐고 강철이 눈으로 물었다. 물어 뭐하냐며 아리엘은 고개를 끄덕였다.

장비가 그렇게 깨져 나가는 걸 보면서도 기어코 강화를 하겠다는 건 정말 부자거나, 인생 콘셉트대로 사는 데 의의를 뒀거나, 둘 중 하나는 될 거였다.

"후우."

그래! 해 보자! 까짓것!

강철은 모루 위에 스태프를 올려 두었다. 그러고는 강화석 결정 중 가장 좋은 걸 꺼내 스태프에 얹었다.

여기서 도망간다고 나아질 것도 아니고.

강철은 일단 곡괭이를 번쩍 들었다.

이왕 하는 거, 자신감 있게 때려 보자! 싶은데도…

'강화에 실력이 어디 있냐! 다 운이지!'

부정적인 생각이 머릿속을 가득 채운 거다.

그래서일까? 강철은 기껏 들어 올린 곡괭이를 힘없이 내려놓았다.

"이건 진짜 내 스타일 아니다."

아리엘은 조용히 강철을 지켜봐 주었다. 스미든도 그 마음 이해한다는 듯 고개를 끄덕였다.

휙!

강철은 들고 있던 곡괭이를 아무렇게나 던져 버렸다.

그는 운이 작용하는 요소를 노력으로 야금야금 메워 가며 성장해 왔다.

하지만 강화는 정반대다. 노력을 비워 내고, 그 안에 운을 때려 넣는 식인 거다.

강철이 손에 침까지 뱉어 가며 곡괭이를 그러쥔 건 끝까지 노력해 보겠다는 거였지, 운에 모든 걸 맡기고 나 몰라라 하겠단 뜻이 아니었다.

염병할!

강철의 얼굴에 '존내 노력했으면 한 만큼은 받고 싶다.'라고 큼지막하게 쓰여 있기라도 했을까?

아리엘이 불쑥 고개를 내밀었다.

"마왕님, 꼭 띄워야 강화예요? 이것도 경험인데 우리 그냥 다 부숴 버리죠?"

쟤도 정말 대단한 애였다.

텅!

강철이 깨먹으면,

후다닥! 척!

아리엘이 얼른 다음 템을 가져왔다.

에잇! 염병할! 쫌! 제에바알! 젠장…….

호흡을 3시간쯤 맞췄을 때, 꺼내 놓은 장비를 싹 해치워 버렸다. 거의 쓰레기 소각장 수준이었다.

그중에 딱 한 번, 13강까지 성공을 하기도 했는데, 레어 등급 템이라 별다른 이득도 없었다. 그래서 바로 14강에 도전했고, 예상대로 시원하게 깨져 버렸다.

수북이 쌓인 강화의 흔적들을 보고 있노라면 강화 따윈 죽어도 하면 안 되는 짓거리가 분명했다.

"속 시원하다!"

아리엘이 두 손을 번쩍 들었다.

"이거 진짜 경험이에요. 이게 다 뼈와 살이 된다구요."

그녀는 강철을 향해 빙긋 웃어 주었다.

인벤토리부터 창고까지 다 날려 먹고 어떻게 웃음이 나

오지?

아리엘의 옆에 선 스미든은 무슨 죄인이라도 된 양 고개를 푹 숙인 채였다. 괜히 강화를 권해서 이 꼴을 만들었다고 자책하는 모양이었다.

저런 거 보고 있을 아리엘이 아니다. 그녀는 어느덧 스미든의 어깨를 다독여 주었다.

"어르신은 절 위해 목숨 바쳐 싸워 주신 분이잖아요. 저한텐 영웅이라고요."

"그렇지?"

스미든은 그 말에 또 기운을 내 고개를 번쩍 들었다. 단순하기 이를 데 없는 양반이었다.

"쩝!"

강철은 별다른 위로의 말이 떠오르지 않아 입맛만 다셨다. 갑갑한 마음에 담배 생각이 간절한 때였다.

「강철 씨?」

느닷없이 메시지가 날아들었다.

뭐야, 이건?

「저 송재균입니다. 대화를 좀 하고 싶습니다. 밖에서 기다리겠습니다.」

「무슨 일인데요?」

「중요한 일이라 꼭 만나서 대화를 나누고 싶습니다.」

게임 시작하고 처음으로 송재균이 메시지를 보낸 거다.

저도 부탁 하나만 드려도 될까요? • 171

보통 일은 아닌 것 같긴 한데?
"아리엘, 나 잠깐 담배 한 대만 태우고 올게."
"그러세요."
강철은 일단 로그아웃 버튼을 눌렀다.

슝!
캡슐이 열리고 강철이 벌떡 상체를 일으켰다. 그러자 캡슐 앞에서 기다리고 있던 송재균이 눈에 들어왔다.
뭐지? 메시지 받고 바로 나왔는데?
저기 서서 메시지를 보낸 건가? 그게 돼?
급한 쪽은 송재균 같아 보여서 강철은 그냥 입을 다물고 있었다. 예상대로 송재균이 먼저 입을 열었다.
"바쁘신데 죄송합니다. 정말 중요한 일이 있어서요."
장비 다 깨 먹고 멍 때리던 참이었다.
바쁠 건 딱히 없었다.
"마왕성 업데이트를 앞두고 프로모션을 준비 중입니다."
"그런데요?"
"강철 씨와 관련된 프로모션이라서요. 협조를 부탁드리려고 찾아뵌 겁니다."
송재균이 숨을 고르고는 말을 이었다.

"마왕이 이계에 출몰하는 겁니다. 최종 보스몹이 얼마나 강력한 존재인지 유저들에게 각인시키는 일이지요."

프로모션이면 광고 말하는 거 아닌가?

마왕이 이계 튀어나오는 게 뭐 대단한 일이라고, 새삼 그런 걸 광고로 쓴다는 거지?

또르르 눈알을 굴리던 강철이 눈썹을 한데 모았다.

'뭐야? 정산 날까지 마왕성에서 버틸 거 같으니까, 어떻게든 밖으로 끌어내서 돈 다 날리게 하려고 개수작 부리는 거 아냐?'

이상하게 송재균이 무슨 말만 하면 강철은 일단 의심부터 들었다.

특별히 의심이 많아서가 아니다. 렙업하라고 곡괭이 하나 던져 준 놈들이면 이 정도 반응은 감수해야 하는 거다.

'저번에 사이드 들고 그렇게 개고생을 했는데, 이계에 또 가라고?'

강철은 그때 생각만 하면 지금도 식은땀이 났다.

아리엘 아니었으면 그간 번 돈 2,160만 원, 수십 번도 더 날렸을 거였다.

"어떻게 생각하십니까?"

송재균은 긍정적인 답변을 바란다는 듯 강철을 빤히 바라봤다. 강철은 어이가 없을 따름이었다.

"그냥 곡괭이질이나 할게요."

강철이 거절의 의사를 단단히 밝혔지만, 송재균도 보통 각오로 온 것 같진 않았다. 그는 강화석을 든 아리엘처럼 담담한 얼굴로 입을 열었다.

"마왕 전용 템 써 보셨죠?"

"예?"

"뿔이랑 날개 달린 세트. 그걸 이계에서 쓸 수 있도록 조치해 드리겠습니다."

"왜요?"

"그만큼 중요한 프로모션입니다."

송재균의 눈을 빤히 들여다봤는데, 딱히 꿍꿍이가 있어 보이진 않았다. 덤덤한 얼굴로 눈빛을 받아 내는 폼이 그랬다.

진짠가? 여기서 또 속으면 그거 사람 새끼 아닌데?

이러지도 저러지도 못하고 머리만 벅벅 긁을 때였다.

"프로모션 기간에 한해서는 급여도 현금으로 지급해 드리겠습니다."

"그러니까, 왜요?"

"업데이트 직후, 첫 달 매출액을 10조로 예상하고 있습니다. 그 정도야 뭐가 어렵겠습니까?"

10조?

너무 예상치 못한 금액이 훅 들어와서 그런지 강철은 잠깐 멍해졌다.

"그날만큼은 마음껏 죽이십시오. 돈 같은 거 정말 걱정 안 하셔도 됩니다. 예산, 충분히 책정되어 있습니다."

무던히 말하는 듯했지만 송재균의 목소리엔 분명한 자신감이 실려 있었다.

달콤한 얘기임은 틀림없어서 강철은 입맛을 다셔야 했다.

"그러니까 하루 날 잡고 이계 가서 깽판 치다 오라, 이거죠?"

"예."

"그럼 넥씨는 그걸로 광고를 하겠다, 이거고요?"

"맞습니다."

"풀템 다 차고 나갈 수 있고, 돈도 현금으로 지급되는 거죠?"

"물론입니다."

거절할 이유가 조금도 없었다.

중고로운 평화나라에서 말하는 쿨거래가 딱 이런 거 아니겠나?

그래도 확실하게 해 둬서 나쁠 건 없으니까.

"돈은 언제 줘요?"

"이계에서 복귀하신 뒤에 바로 준비해 드리겠습니다."

"프로모션이 언젠데요?"

"강철 씨가 응하시면 바로 공지가 나갈 겁니다. 언제고 마왕이 들이닥칠지 모른다고요."

"그럼……."

"말 그대로 언제고 가능합니다. 강철 씨가 마음 내킬 때 쳐들어가시면 됩니다."

대우 죽이는데?

"죽으면 돈 날아가요?"

"그 정도 제한은 있어야 강철 씨도 긴장을 하지 않으시겠습니까?"

"흐음."

"대신 기존에 확보하신 금액은 지켜 드리겠습니다."

그럼 죽어도 그날 번 돈만 날린다는 거지?

"프로모션 때문에 피해를 보셔서야 되겠습니까."

"이것 참, 낯선 대접이네요."

강철은 우스갯소리로 한 말이었는데, 송재균은 깊은 한숨으로 받았다.

"강철 씨."

그의 표정이 어느 때보다 진지해져 있었다.

갑자기 고백하고 그런 건 아니겠지?

"스피츠와 관련된 건에 대해서는 생각을 좀 해 보셨습니까?"

아, 스피츠한테 얘기를 끌어내면 급여를 현금으로 준다던?

"그놈 자기 할 말만 하고 사라져 버리던데요?"

"또 접촉을 해 올 겁니다. 반드시."

강철은 송재균의 표정을 빤히 살폈다.

프로모션 얘기를 하러 왔다지만, 실은 스피츠에 관한 게 더 중요한 눈치였다.

"강철 씨가 꼭 제 편에 서 주셔야 합니다."

"분위기가 너무 진지한 거 같은데요?"

"진지한 이야기입니다."

송재균은 월드컵 결승전 승부차기의 마지막 키커 같은 표정을 하고 있었다.

제논 길드 권경우는 아이템 거래 사이트에서 무기를 고르고 있었다. 몇천 단위의 아이템이 즐비했지만 딱히 마음에 드는 게 없었다. 불과 며칠 전만 해도 꼭 한 번 들어 보고 싶던 템이 지금은 영 성에 차지 않았다.

그도 그럴 것이, 그가 올린 '아리엘, 척살대의 운명.avi' 동영상이 폭발적인 반응을 일으킨 탓이었다.

이제 동영상 전문 업로더나 다름없는 그였기에 조회수가 대략 어디까진 나오겠다 예상도 되었다.

"이건 최소가 1억 뷰야. 그럼 뭐 이런저런 수익 다 합치면 억 단위로 벌 텐데, 더 좋은 템 사야지."

저도 부탁 하나만 드려도 될까요? • 177

스피츠 잡으러 갔다가 레비아탄이 튀어나와서 혼쭐났던 게 엊그제 같은데…….

돌아오는 길에 이상한 놈 만나서 13강 바스타드 소드 날렸을 때만 해도 진짜 게임 접으려고 했었다.

겨우 마음 잡고 아리엘 척살대에 어찌어찌 들어는 갔는데, 이게 빵 터질 줄이야.

"사람이 죽으란 법은 없는 거지."

권경우는 벌써 다음 동영상 콘셉트까지 정해 뒀다.

"카오스 길드 정벌!"

놈은 생각만 해도 짜릿하다는 양 입꼬리를 한껏 치켜들었다.

카오스 길드는 현재 인터넷상에서 공적이 되어 있었다.

여성 유저 하나 잡겠다고 수백 놈이 들이닥쳤으니 여론이 안 좋은 건 당연한 일이었다.

그러니 이 분위기면 카오스 길드를 응징하는 놈은 일약 스타덤에 오를 수 있을 터였다.

"모르긴 몰라도, 그 영상 찍어 올리면 최소 3억 뷰는 나오겠지?"

권경우는 그게 본인이고 싶었다. 저 혼자 카오스 길드를 박살 내고, 게임 내 최고의 네임드 유저가 되는 원대한 계획을 세운 거다.

말도 안 되는 일이지만 제 나름대로 믿는 구석은 있었다.

눈알이 시뻘게지도록 아이템 경매 사이트를 뒤지는 것도 그 때문이었다.

하도 클릭을 많이 해서 손가락이 다 저릴 무렵이었다.

"그래! 이거거든!"

[+14 진혼검]

14강화! 그것도 에픽!

권경우는 '즉시 구입가 3억'이란 글귀를 무섭게 노려봤다.

"3억이라……."

더 이상 제논 길드를 운영할 욕심 없이, 그냥 거기 들인 돈만 회수해도 3억쯤은 마련할 수 있을 거다.

당장 캡슐방에 있는 캡슐만 빼도 2억은 나올 테니, 들고 있는 돈만 더해도 3억쯤은 마련할 수 있다.

대신 그렇게 되면 길드를 더 이상 운영할 수 없게 된다.

돈 쓰니까 길마지, 돈 안 쓰면 권경우쯤 누구도 껴 주려 하지 않을 것이기 때문이다.

"밥만 축내는 버러지들한테 돈 쓸 바에야 차라리 나한테 집중하자. 그깟 길드, 이제 더는 필요 없다."

권경우는 결심이 선 듯 고개를 끄덕였다.

"이거 투자다. 미래를 위한 투자! 실패가 두려워서 멈춘다면 허구한 날 그 정도 선에서 살아야 하는 거야."

권경우는 스스로를 납득시키려 혼잣말을 중얼거렸다.

"스태프 깨지고, 거기 있던 놈들 템 다 날아갔어. 하나도 빠짐없이 싹! 카오스 정예가 거기 다 있었으니, 걔들은 지금 길드가 통째로 개털이라고. 그러니까 3억짜리 검 하나만 있으면 명문 길드고 지랄이고, 보이는 족족 다 썰어 버릴 수 있는 거지."

물론 놈들도 템을 맞추려고 혈안이 돼 있긴 할 거다.

"그래도 소위 명문 길드라는 놈들이 허투루 된 거 끼겠어? 그나마 구할 수 있는 한도 내에서 제일 좋은 거 껴 보겠다고 이 사이트 저 사이트 전전하고 있을 거라고, 걔들도. 그러니까 지금은 당연히 맨몸이겠지."

그는 자신이 짠 계획을 되뇌며 스스로에게 자신감을 불어넣었다.

카오스 길드 놈들이 템을 맞추기 전에 14강 검을 구할 수만 있다면 이 작전은 반드시 성공한다.

그 과정을 풀 버전으로 인터넷에 올리면 일단 스타 되는 건 시간문제다. 그 뒤로 개인 방송 켜서 그날 있었던 썰만 풀어도 수익 엄청날 거다.

"그래! 해 보자. 배에 힘 빡 주고!"

그는 얼른 구매 버튼에 마우스 커서를 가져갔다.

"넥씨 소프트의 개발자로서가 아니라, 인간 송재균으로 부탁드리는 겁니다."

스피츠가 뭔데 저렇게까지 해야 되는 거야?

그는 평정심을 지키는 듯 보였지만, 대답 한마디에 당장 무너질 것 같은 눈을 하고 있었다.

몇 번 좀 얄미운 순간이 있긴 했다만, 저 정도로 부탁을 하는 거면 들어주는 게 맞는 거 아닌가?

어쨌거나 마왕이 될 수 있도록 기회를 준 사람이니까.

마왕 아니었으면 강철은 친구 윤창호처럼 지금도 암담한 시간을 보냈을 테니까.

그래! 이왕 이렇게 된 거…

"개발자님, 궁금한 게 하나 있는데요?"

"말씀하십시오."

"왜 렙업하라면서 곡괭이 하나 던져 주신 거예요?"

이게 계속 마음에 담겨 있으면 송재균의 저의를 의심할 수밖에 없다. 말 나온 김에 차라리 풀고 가는 것도 나쁘진 않을 거다.

"아, 그거요……."

송재균도 조금은 긴장이 풀린 얼굴로 말을 이었다.

"마왕을 위한 제 개인적인 배려였습니다. 한데 제 생각보다 강철 씨가 너무 열심히 하신 거고요."

"무슨 배려요?"

저도 부탁 하나만 드려도 될까요? • 181

"그걸 말씀드릴 수 있으면 오해가 없을 텐데……. 사정상 말씀드리기 애매한 부분이 있습니다. 나중에 직접 확인할 기회가 있으실 겁니다."

개발자부터가 곡괭이질에 의미 부여를 하고 있었구만!

"어쨌건 골탕 먹이려고 그랬던 건 아니라, 이거죠?"

"물론입니다."

"무기고에 이계 템이 없는 것도요?"

"아, 그건 확실하게 말씀드릴 수 있습니다. 밸런스 때문에 어쩔 수가 없었습니다."

뭐, 명쾌하진 않았는데, 어쨌거나 설명을 들으니까 속이 시원하긴 했다.

"개발자님, 아까 넥씨 개발자가 아니라 인간 송재균으로 부탁하신다고 하셨죠?"

"예."

"저도 마왕이 아니라, 인간 강철로서 고민할 건데요."

"아, 예!"

"저도 부탁 하나만 드려도 될까요?"

순간 송재균의 얼굴에 근심이 어려 있는 듯했다. 혹시나 강철이 무리한 부탁을 할까 봐 염려하는 표정이었다.

에잇! 사람 뭘로 보고!

"그냥 개인적인 부탁이니까 들어주셔도, 안 들어주셔도 상관없어요."

"말씀하십시오."
"제 주위에 간혹 캡슐 살 돈 없어서 빌빌대는 사람 있으면요……."
"그 정도 금액은 지원해 드릴 수 있습니다."
그런 거 아니라니까!
"아뇨. 빈 캡슐 있으면 그냥 여기 왔다 갔다 하면서 이용 좀 할 수 있을까 해서요. 당장은 아니구요."
"그런 건 얼마든지 말씀하셔도 됩니다."
창호야, 너 말하는 거 아니다! 내가 널 그렇게까지 도울 만큼 호구는 아니라서 말이야.
누가 꼭 떠올라서 말한 건 아닌데, 이 정도 부탁쯤 해 둬야 송재균도 마음의 부담을 덜지 않을까 싶어서 한 말이었다.
나름 배려한다고 한 건데 알아도 그만, 몰라도 상관없었다.
강철이 담담한 표정을 하고 있을 때, 송재균은 목구멍에 할 말이 차 놓고 차마 뱉지 못하는 사람처럼 우물쭈물했다.
그게 뭘 뜻하는지 알 것 같아서 강철이 먼저 입을 열었다.
"프로모션은 당연히 할 거고요. 개발자님 개인적인 부탁, 뭐 그 스피츠랑 대화하면 되는 거 맞죠?"
강철의 말이 떨어지기가 무섭게 송재균은 죽었다 살아난 얼굴로 얼른 말을 받았다.
"그가 강철 씨에게 먼저 접근해 올 겁니다. 그걸 피하지 않고 진지하게 대화만 나누시면 됩니다. 분석은 저희가 알아서 하겠습니다."

"그 정도야, 뭐."

아빠, 보고 있죠? 아들이 이렇게 잘 자랐습니다! 캬캬캬!

"정말 감사합니다."

"아, 그리고 이건 부탁 아니고 궁금한 건데요!"

기분 좋은 얼굴로 돌아서려는 송재균에게 강철은 마지막으로 질문을 던졌다.

"대규모 업데이트가 되면 NPC들은 어떻게 되는 건가요? 가령 스미든이나 케인, 찰스, 베인 같은 친구들이요."

"특별한 변동 사항은 없을 겁니다."

"업데이트된다고 NPC 삭제되고 그런 건요?"

"그런 적은 한 번도 없었고, 앞으로도 없을 겁니다."

그건 좋네.

"더 궁금하신 거라도?"

"아뇨, 충분합니다."

강철은 얼른 캡슐에 몸을 누였다.

에잇! 담배 하나 피우고 온다고 해 놓고 겁나게 오래 있었네. 장비 부수고 튀었다고 생각하는 거 아니냐, 이거?

슈웅!

캡슐 안의 강철은 얼른 접속 버튼을 눌렀다.

렙업하는 마왕님

"후우."

방으로 돌아온 송재균은 깊은 숨을 내쉬었다.

스피츠가 어떤 생각을 갖고 있든, 메신저인 강철을 공략하면 일은 더 진행될 수 없다.

강철의 약속을 받았으니 깔끔하게 정리가 됐다고 봐도 좋았다.

"정말이지 죽다 살았군."

NPC를 컨트롤하지 못했다는 오명을 뒤집어쓰는 순간, 개발팀 전체가 흔들려 버린다.

이사회에서는 해결책을 만들라고 닦달할 테고, 그러려면 보름쯤 서버를 닫고 정밀 조사에 들어가야 한다.

요즘처럼 매출이 오를 때 보름이면 손실액만 5조쯤 될 거다. 개발자들 때문에 회사에 5조 손해를 입힌 거라면 팀장급부터 죄다 모가지다.

송재균 본인이야 벌어 둔 돈이라도 있지만, 부하 직원들은 하루아침에 직장을 잃는 셈이다.

선배가 돼서 어찌 그 꼴을 볼 수 있을까?

그래서 강철을 찾아가 인간적인 부탁을 하게 된 거였다.

정말 다행인 건 흔쾌히 강철이 그 부탁을 받아 줬다는 거다.

송재균은 그 사실이 무엇보다 고마웠다.

자신의 곤란한 표정을 봤으니 더 강짜를 부려도 됐을 텐데. 하다못해 좋은 템 내놓으라고, 아니면 돈 좀 더 달라고 생떼를 부렸어도 송재균으로선 할 말 없는 상황이었다.

그런데 아무 소리 않고 부탁을 들어준 거다.

"언젠가 꼭 한 번, 저도 강철 씨를 도울 수 있는 날이 오겠지요."

송재균은 혼잣말을 중얼거리며 자신의 책상에 자리를 잡았다. 마우스를 흔들어 화면을 띄웠고, 곧 암호를 눌러 바탕화면에 들어갔다.

그는 제일 먼저 이메일을 확인했다. 개발1팀 이준환이 보낸 메일을 확인하기 위해서였다.

첨부 파일엔 역시나 강철의 로그 파일이 들어 있었다.

스태프가 부서지기 전과 후, 강철에게 무슨 변화가 있었는지 확인하기 위해 로그 파일을 들여다볼 때였다.

빼곡한 글씨 어딘가에 그의 시선이 멈춰 움직이질 않았다.

한동안 같은 곳을 뚫어져라 바라보던 그는,

"레비아탄의 스태프를 통째로 집어삼킨 셈이나 다름없군요."

조용히 고개를 끄덕였다.

강철은 재접속과 동시에 무기고로 향했다.

문을 열자 제일 먼저 아리엘이 보였다. 그녀는 16강 스태프에서 눈을 떼지 못했다.

아닌 척하지만 그녀라고 왜 좋은 템을 갖고 싶지 않겠나.

사실 송재균에게 아리엘의 장비를 복구할 수 없느냐고 가장 먼저 부탁하고 싶었다. 하지만 끝내 입을 열지 않은 건 그게 왠지 반칙 같아서였다.

개발자의 어려운 상황을 이용해서 템을 복구한다면 그게 무슨 의미가 있을까?

게임 안의 일이니, 게임 안에서 해결하는 게 맞는 거다.

아리엘도 분명 그걸 원할 테니까.

강철이 굳이 나서지 않은 것도 그 때문이었다.

'프로모션이 끝나면 일단 레비아탄을 찾아가 보는 게 좋겠군. 레비아탄이 만들었다면 복구하는 방법도 알고 있을 테니까.'

그래도 안 되면 다른 레전드리 템을 노려야지, 별수 없는 거고.

조급해할 필요 없다. 어쨌거나 방법은 많을 테니까.

"그거 갖고 싶어서 그래?"

강철의 말에 아리엘이 놀란 듯 돌아봤다.

"언제 왔어요?"

담배 한 대 피우고 돌아오기로 해 놓고 좀 늦긴 했지?

"갖고 싶어서 보고 있던 거 아냐?"

"아뇨, 신기해서요."

갖고 싶다고 해도 딱히 방법은 없다. 거래 불가 템이라서 줄 수도 없으니까.

대신 비슷한 거라도 구해 올 방법 뭐 없을까 머리는 굴렸을 거다.

대장장이에 강화사이기까지 한 스미든을 닦달하거나, 이 계 넘어가는 프로모션 때 뭐 하나라도 들고 오겠다고 계획은 짰을 거다.

레전드리 템을 구하기 전까지 당장 쓸 만한 게 필요는 할 테니까.

"전 이거면 충분해요."

강철의 생각을 읽기라도 하듯 그녀가 스태프를 꺼내 들었다. 있는 템 다 날리고 하나 달랑 건진, 번개 모양이 음각된 13강 스태프였다.

눈물이 앞을 가린다! 진짜!

그때였다.

띠링!

[공지 사항이 전달됐습니다. 확인하시겠습니까?]

뭐지?

고개를 드니 허공에 '예' 버튼이 보였다.

마주한 아리엘이 손을 드는 걸 보니, 그녀에게도 공지 사항이 전파된 모양이다.

강철은 얼른 수락 버튼을 눌렀다. 그러자 촤르르륵! 하고 시스템 효과음과 함께 공지 사항이 떠올랐다.

[마왕의 출현!

어둠의 나라 최고의 보스 몬스터 마왕이 출몰합니다! 언제? 어디냐고요? 비밀! 마왕을 최초로 공략하는 유저에게 레전드리 아이템이 지급되니, 이 기회 놓치지 마세요!

마왕은 본래 유저의 아이템을 뺏을 수 있는 '약탈' 스킬을 보유하고 있어요!

하지만 이번 이벤트에는 다행히도 약탈 스킬이 발동되지

않을 예정이라고 하는데요. 업데이트 시엔 반드시 인벤토리 정리하시는 거 꼭 잊지 마세요!]

여자 성우의 목소리가 공지 사항을 실감나게 읽어 줬다.
약탈이 안 된다고?
하긴 프로모션 한답시고 유저 템 다 뺏으면 모양새 이상하긴 하겠다.
강철이 아쉬운 마음에 입맛을 다실 때였다.
"마왕님? 이계를 간다고요?"
그녀는 슬쩍 걱정이 된다는 듯 말했다.
하기야 전투 때 오더만 내렸지, 직접 나서서 애들 썰고 그런 건 아니라 걱정이 되는 모양이었다.
어쩌다 남 걱정시키는 신세가 됐나?
강철은 대답 대신 무기고를 둘러보았다.
아무래도 첫 등장 때 썼던 15강 에픽 세트가 익숙하고 편하긴 해 보였다.
무기를 사이드로 바꿔도 세트 효과가 적용되려나?
찾아보니 같은 세트로 검, 너클, 사이드 등 선택지가 더 있어서, 강철은 얼른 사이드를 골라 들었다.
세트 템을 죄 들고 다시 자리로 돌아온 강철은,
"그때랑은 좀 다를 거야."
늠름한 말과 함께 장비들을 착용했다.

철컥! 철컥!

15강 에픽 세트답게 하나 찰 때마다 외형이 확확 달라졌다.

커다랗게 치솟은 뿔에, 드래곤이 떠오를 정도의 널따란 날개는 마왕의 위용을 여실히 보여 줬다.

"어어?"

순식간에 외형이 변하자 그녀가 놀란 듯 고개를 모로 틀었다.

슈우욱!

마침내 모든 템을 착용하여 에픽 세트 특유의 무지갯빛 이펙트가 뿜어져 나오자, 그녀는 휘둥그레진 눈을 떼지 못했다.

"마왕님이 그분이었어요?"

"응?"

"그 동영상……."

"동영상?"

"왜, 있잖아요, 인터넷에 조회수 엄청난, 그 피몬스터 영상이요."

"뭔 말인지 모르겠는데?"

"그건 인터넷만 하면 모를 수가 없는 건데요?"

강철도 할 말은 있었다.

곡괭이질 해 봐라! 인터넷 할 시간 어디 있나!

어쨌든 아리엘은 정말 놀랍단 눈으로 강철을 바라봤다.

"마왕님이 진짜 마왕님이었구나."

"뭐래?"

"전 마왕님 되게 약할 줄 알았거든요."

그래도 이거 입으면 세 보이긴 하나 보다.

하긴 레벨 1 때도 이 템 끼고 40놈은 썰었으니, 레벨 200 넘은 지금은 그때보다 훨씬 세긴 할 거다.

"그래서 말인데, 아리엘. 나 좀 도와줄 수 있어?"

"뭘요?"

"유저 놈들 썰러 가기 전에 연습 좀 할 수 있을까 해서."

"좋죠!"

좋을 건 또 뭐냐?

둘은 일단 무기고 밖으로 향했다.

아리엘은 유저 랭킹 1위다.

레전드리 템 얻기 전에도 마법사 랭킹 1위는 됐다고 하니까, 실력은 충분할 거다.

촤악! 촤악!

강철은 날개를 펴서는 대전을 날아 보았다.

아리엘은 벌써 놀란 눈치였다.

"빠른데요?"

그럼 마왕이 느려 터졌을까 봐?

강철은 부러 그녀와 거리를 두었다.

마법사들을 공략할 땐 캐스팅할 시간을 주지 않고 몰아붙이는 게 정석인데, 지금은 연습을 하는 거니까.

"하아아!"

번쩍! 스태프를 들어 올리자 그녀의 머리 위로 거대한 얼음 창이 모습을 드러냈다.

부웅!

아리엘이 스태프를 휘둘렀고, 쐐애액! 바람을 가르는 소리와 함께 얼음 창이 쏟아져 들어왔다.

강철은 즉시 반응하여 사이드를 휘둘렀다.

뎅겅!

얼음 창은 사이드에 닿자마자 정확히 반으로 쪼개지며 서로 다른 방향으로 날아갔다.

제논 길드를 전멸시킨 관통 마법이 허무하게 사라져 버린 순간이었다.

"더 센 걸로 날려 줘."

강철의 말에 아리엘은 다시 주문을 외웠다. 이번엔 화염에 싸인 운석이 강철의 머리 위로 내리꽂혔다.

콰과과광! 뎅겅!

조금 더 힘을 주었더니, 역시나 운석이 반으로 쪼개져서는 힘을 잃고 바닥에 떨어져 버렸다.

"더!"

강철의 말에 아리엘은 이를 악물었다.

"라이트닝 계열 마법이에요! 스태프 옵션 때문에 한 방 제대로 맞으면 죽을 수도 있어요. 괜찮아요?"

"쏴 봐."

그녀가 다시 캐스팅을 시작했고, 곧 하늘이 번쩍이는가 싶더니…

쫘과과광!

강철의 머리 위로 벼락이 떨어졌다.

꽝!

강철은 사이드를 방패 삼아 번개를 막아 세웠다. 하지만 그것으로 끝이 아니었다.

"하아아아!"

그녀가 스태프를 두 손으로 번쩍 들어 올리자, 강철에게 내리꽂히던 벼락이 기세를 더하였다.

쫘지지직!

"하아아앗!"

그녀가 거기서 한 번 더 힘을 끌어 올렸을 때, 몇 줄기의 벼락이 추가로 강철에게 내리꽂혔다.

"더 할 수 있어?"

"예?"

"더는 힘든가?"

강철은 머리 위에서 요동치는 번개를 바라봤다. 사이드를 내리면 당장이라도 내리꽂힐 기세였다.

바꿔 말하면 사이드를 들고 있는 한 번개에 당할 위험은 없어 보이기도 했다. 그만큼 강철은 여유가 있었다.

'이게 뭔 일이래? 레벨을 올린다고 이렇게 세질 수가 있나? 그래 봐야 꼴랑 200인데?'

강철은 절대자였다. 게임에 있어서 감만큼은 타의 추종을 불허한다. 그는 본능적으로 레벨 때문만은 아닌 것 같다는 생각을 했다.

그렇게 따지면 레벨 400대가 되면 이것보다 두 배나 강해져야 한다는 건데, 그건 좀 말이 안 되는 소리였다.

'그럼 뭔데?'

생각해서 답 나올 거면 벌써 알았게?

강철은 일단 위로 올렸던 사이드를 옆으로 휘둘렀다.

콰직!

벼락이 사이드를 따라 애먼 땅 위에 내리꽂혔고,

촤아아악!

크게 날갯짓을 한 번 하자 강철의 몸이 아리엘을 향해 쏘아져 나갔다.

척!

강철은 아리엘의 바로 앞에서 몸을 멈춰 세웠다.

벼락을 우습게 막아 낸 것에 한 번 놀란 아리엘은 방금 이 엄청난 속도에 할 말을 잊은 눈치였다.

강철은 날갯짓을 해 보고는 확신했다. 전보다 3배쯤 빨라졌다. 너무 격차가 커서 체감이 확실히 될 정도였다.

렙업을 해도 민첩을 찍지 않았으니 빨라질 이유가 전혀 없는데도 이렇게 빨라졌다면?

'확실히 렙업 때문은 아니란 소린데……'

흐음.

뭐가 뭔지 도무지 모르겠다만 '강해졌으면 좋은 거지, 뭐.' 하고, 그냥 그런가 보다 할 따름이었다.

"어때?"

강철이 사이드를 거두며 물었다. 아리엘은 여운이 채 가시지 않은 얼굴로 고개만 끄덕일 뿐이었다.

"괜찮다는 거야?"

"카오스 길드랑 싸울 때 이 상태였으면 아마 1분 안에 다 죽였을 거예요."

아리엘은 이해하기 쉽도록 예를 든 모양이다.

그래, 그렇단 말이지?

"한 번 재 보러 가야겠다."

"뭘요?"

"걔들이 진짜 1분 버틸 수 있나 가 봐야겠다고."

강철은 씩 미소를 지어 보였다.

길드 사무실을 빼고 캡슐 방을 정리하는 과정에서 제논 길드는 해체됐다.

돈 빼면 호구나 다름없던 권경우라서 아무도 그를 따라 나서지 않았다.

기왕이면 쓸 만한 놈 몇 명쯤 따라 나와 줬으면 더 좋았을 거다. 그럼 자신의 원대한 계획이 더 쉽게 이뤄질 수 있을 테니까.

"엿이나 드셔. 혼자서도 할 수 있거든?"

권경우는 계획보다 빨리 움직였다. 느닷없이 날아든 공지 사항 때문이었다.

"마왕은 또 뭔데?"

지금 대세는 카오스 길드와 아리엘의 전투다. 하지만 마왕이 뜬다는 예고가 있었으니, 자연히 유저들의 관심사는 그쪽으로 옮겨질 거다.

"이제부턴 시간 싸움이야. 마왕이 뜨기 전에 얼른 카오스 새끼들부터 썰어 버려야지. 안 그럼 또 묻힌다고. 기세 탔을 때 빨리 찍어서 남은 꿀 좀 빨아야지."

안 그래도 권경우는 카오스 길드의 성을 바라보는 중이었다. 성 앞에 폭이 큰 강물이 흘렀고, 그 위로 돌로 된 다리가 놓여 있었다.

"공성전 할 때 지키는 쪽이 많이 유리하겠구만."

아무래도 다리만 틀어막으면 이동이 힘들 테니까.

이렇듯 수성에 용이한 성은 거래가가 엄청나게 높았다. 공성전 때 성을 공략당할 위험이 몹시 줄어들기 때문이었다.

"이 성도 확 빼앗아 버려?"

권경우가 기분 좋은 상상을 하며 다리를 건널 때였다.

성문을 지키고 있던 문지기 둘이 걸어 나와 그를 막아 세웠다. 하지만 허리춤에서 금빛 이펙트를 뿜어내는 검을 봐서인지 감히 함부로 대하지는 못했다.

"무, 무슨 일이십니까?"

"길드 마스터를 만나러 왔다."

"약속은 되어 있으십니까?"

"아니, 급한 일이라서."

"약속을 하셔야만 만날 수 있습니다."

권경우는 문지기들의 장비 상태를 체크해 보았다.

역시나 뭘 주워 입긴 했는데 영 수준이 떨어졌다.

아이템 다 날려 먹고는 창고라도 뒤져 아무거나 꺼내 입은 수준이었다.

"그럼 지금이라도 가서 전해. 제논 길드의 마스터 권경우가……."

"예?"

"악마 같은 네놈들을 처단하러 왔다고!"

놈은 허리춤에서 검을 뽑아 들었다. 과연 금빛 영롱한 기운이 허공을 수놓는 듯했다.

"뒈져라!"

부웅!

"컥!"

"으헉!"

한 방에 두 놈을 보낸 권경우는 얼른 성문으로 내달렸다.

둥! 둥! 둥!

"비상! 비상! 침입자가 나타났다!"

성 위에서 북소리가 들려왔다. 권경우는 온전히 녹화가 되고 있음을 확인하고는,

"으아아아! 아리엘의 복수를 하러 내가 왔다!"

기함을 토해 냈다.

이럴 때 제논 길드 꼬붕 몇 놈 불쏘시개로 쓰면 참 좋았을 걸, 아쉬움을 삼켜 가며 놈은 속도를 더했다.

꽃

"혼자 유저들 틈에 뛰어드신다고요?"

"응."

아리엘의 물음에 강철이 뭐 문제 될 거 있냐는 투로 답했다.

두 사람은 마왕성의 대전에서 서로를 마주 보고 서 있었

다. 아리엘은 고개를 갸웃하다 다시 입을 열었다.

"마왕님은 충분히 강해요."

강철의 기본 레벨 200에 세트 효과가 부여된 에픽 템을 무려 15강이나 들고 있으니, 스탯만 놓고 보면 레벨 천을 상회할 수준이다.

유저 랭킹 1위인 아리엘이 772렙이니, 아이템을 낀다는 가정하에서라면 강철도 일대일만큼은 최고 수준이나 다름없었다. 아리엘도 그 사실을 잘 알지만 걱정스런 표정은 변함이 없었다.

"어쨌거나 한 명씩 덤비는 게 아니잖아요?"

저건 경험에서 우러나오는 조언 맞다. 그녀도 1 대 다수 싸움, 수도 없이 해 봤을 테니까.

하지만 아리엘은 저런 말 하면 안 된다. 길드 전체를 적으로 두고 있는 사람이 할 말은 아니니까!

강철은 보란 듯 왼쪽 가슴을 탕탕 두드렸다.

높다란 뿔에 커다란 날개, 갑옷을 두른 듯 단단한 피부까지. 걱정 말라는 뜻이었다.

"전보다야 훨씬 든든해 보이긴 하지만."

아리엘은 그래도 영 불안하단 얼굴이었다.

오죽했으면,

"그럼 저도 같이 가요. 제가 뒤에서 백업해 드릴게요."

두 주먹을 단단히 쥐어 보이는 거였다.

참 나.

"카오스 길드만 치고 빠지실 거 아니죠?"

당연히 끝까지 간다.

이런 기회가 자주 올 것도 아니고, 간 김에 억 단위로 당겨야지!

강철의 얼굴을 빤히 보던 아리엘은 그 속내를 읽었다는 양 고개를 저었다.

"말려도 갈 거죠?"

강철은 대답 대신 볼을 긁적였다.

"가면 끝장 볼 거고요?"

강철은 먼 데만 바라봤다.

이보다 확실한 대답이 어디 있겠나?

"그럼 작전이나 짜고 가요. 제일 화끈하게 여럿 보낼 수 있는 걸로. 그건 괜찮죠?"

간만에 마음에 드는 소리가 나와서 강철은 고개를 끄덕였다. 실은 아리엘도 그 편이 좋았는지 같이 웃어 보였고.

그걸 보고 있자니 괜히 기분이 좋았다, 강철은.

"그런데 왜 카오스 길드예요?"

"한 번 싸워 봤으니까, 어떻게 나올지 알잖아. 더구나 그 개고생을 시켰는데, 복수는 해 줘야지."

아리엘의 복수란 말은 낯간지러워 차마 떨어지지 않았다.

"마왕님 출몰한다고 공지 떠서 랭커들 단단히 벼르고 있을 텐데요?"

차라리 그 편이 좋다. 랭커는 1억짜리 현금 다발이나 다름없으니까.

강철은 위험에 시선을 두지 않았다.

어떻게 하면 더 얻을까 고민하는 데만도 과부하가 걸릴 지경이니, 다른 생각을 어떻게 하겠는가?

강철의 표정을 본 아리엘은 픽! 웃음을 흘리고는 말을 이었다.

"사실 나도 한 번쯤은 보여 주고 싶었어요."

그녀는 주먹을 불끈 쥐었다.

"너희들이 그렇게 못 잡아먹어 안달이던 아리엘이 지금도 잘 살고 있다고요."

"잘 사는 거 맞아?"

"그럼요! 마왕과 함께 있으니까 앞으로 나 잡을 생각일랑 꿈도 꾸지 말라고 제대로 보여 줄 거예요!"

너도 정말 일방통행, 외길 인생이구나!

아리엘은 아까부터 곧잘 웃었고, 강철은 천장에 난 유리 너머로 하늘을 바라봤다.

도우러 오는 거면 그럴 필요 전혀 없다만, 아리엘 본인을 위한 거라면 말릴 이유 없는 거다.

그녀로서도 명예 회복이 간절할 테니까.

지금 이대로 숨어 버리면 길드와의 싸움에서 패하고 꼬

리를 내린 게 될 텐데, 아리엘 성격에 어떻게 그 꼴을 보겠는가?

'이왕 이렇게 된 거, 이계 넘어가기 전에 아리엘한테 쓸 만한 스태프나 하나 마련해 줬으면 좋겠는데…….'

강철은 아쉬운 마음에 입맛만 다실 뿐이었다.

☞

만약 권경우에게 여유가 있었다면 꼬붕들 몇 놈 희생시켜서 편하게 전진했을 거다.

길드원 알기를 소모품 알듯 했던 권경우니까 그러고도 남을 놈이긴 하다.

한데 이번엔 돈도, 시간도 여유가 없었다.

공지가 워낙 급작스레 날아든 탓에, 검 하나 겨우 사서 일단 들이닥치고 본 거다.

그래도 그런 것치곤 제법 결과가 좋았다.

카오스 길드 놈들이 하나같이 허접한 템을 겨우 걸치고 있는 덕분이었다.

'크크! 내 작전이 완벽히 들어맞았구만!'

권경우는 적들을 그냥 죽이지 않았다. 이 동영상이 공개될 것을 대비해서 꼭 정의의 사도 같은 멘트를 더했다.

전에 아리엘 척살대 선봉에 섰던 게 마치 대단한 오해 때문에 그랬던 것처럼, 잘못된 과거를 바로잡기 위해 중대한 결심을 했다는 걸 어필하기 위해서였다.

"너희에게 속은 내 자신에게 화가 나 밤잠을 설쳤다! 너희의 목을 베는 것이 아리엘에게 조금이나마 위안이 될 수 있기를! 상처받은 그녀의 가슴을 위해 내 목숨을 바치리라!"

병신! 그지 발싸개 같은 새끼가 염병 떨고 자빠졌네.

이 모습을 강철이 봤다면 꼭 그렇게 말했을 거다.

어쨌거나 권경우는 14강 진혼검을 들고 적진을 휘저었다. 레벨은 좀 떨어졌어도 워낙 템이 좋은지라 적들을 씹어먹는 데 큰 문제가 없었다.

카오스 길드 놈들은 하도 당해서인지 일단 진영부터 짜고 봤다. 장비는 없어도 경험은 그대로라는 듯, 몇 걸음에 한 번씩 쿵! 방패를 내려찍었다.

결계를 향해 진군할 때와 같은 모습이었으나, 그걸 보는 권경우는 피식 웃음을 흘렸다.

13강 방패를 내려찍을 때만 해도 대지가 뒤흔들리는 것 같았지만, 지금은 '저렇게 찍으면 방패 다 찌그러질 텐데.' 하며 오히려 걱정이 될 따름이었다.

권경우는 일말의 고민도 없이 적들에게 뛰어들었다.

과연 방패를 들어 공격을 막아 세우려 했지만,

부웅! 퐈지지직!

권경우의 검이 닿기만 해도 놈들의 방패가 사정없이 찢어졌다. 이게 방패인지, 방패연인지 헷갈릴 정도였다.

"지금 그런 걸 장비라고 들고 다니는 게냐?"

그래도 카오스 길드는 물러서지 않았다. 한 방에 뻗을지언정 진형을 이루고 일단 돌진부터 하고 봤다. 싸움에선 져도, 투지마저 굽힐 순 없다는 생각에서였다. 아리엘을 고전하게 만든 실력만큼은 어디 가지 않았던 거다.

"그럼 뭐하냐? 템이 없는데!"

부웅! 크헉!

부웅! 크헉!

권경우는 포위를 하건 말건 검을 휘둘렀다.

한 방에 서넛씩은 꼭 나동그라졌고, 그걸 보는 놈의 얼굴엔 기분 나쁜 미소가 피어올랐다.

반복되는 전투에 자신감이 붙었을까?

"인면수심! 아리엘을 잡기 위해 모략을 꾸민 인면수심은 나와라! 왜 숨어서 길드원을 희생시키냐!"

이건 영상을 보는 사람들 들으라고 하는 얘기나 다름없었다.

히이잉!

그에 대한 답이라도 하듯 멀리서 말 우는 소리가 들려왔다.

순간 권경우는 웃음을 흘리며 그쪽으로 고개를 돌렸다.

과연 앞다리를 번쩍 들어 올린 해골마와 그 위에 탄 흑마법사가 보였다. 카오스 길드 마스터 인면수심이었다.

드디어 대어가 나셨구만?

흑마 랭킹 3위.

권경우로서는 결코 쳐다봐서도 안 될 태양 같은 존재였다만,

'크크크! 네놈도 빈손이로구나!'

오늘만큼은 그도 자신이 있었다.

아리엘과 싸울 때만 해도 무섭게 빛나던 녹색 뱀 대가리 모양의 스태프는 역시나 전장에 두고 온 모양이었으니까.

"어정쩡한 무기라도 들지, 맨손으로 뭐하는 거냐?"

권경우의 말에 인면수심은 피식! 웃음을 터뜨렸다.

"장비의 영향을 가장 적게 받는 클래스가 뭐라고 생각하나?"

"뭐?"

"멍청한 녀석."

인면수심은 비릿한 웃음과 함께 주문을 외웠다.

그러자 곧,

콰앙!

권경우의 바로 앞에서 폭음과 함께 연기가 피어올랐다.

그오오오! 팟!

연기가 걷힌 곳으로 거대한 덩치의 괴물이 나타났다.

등에서 불줄기를 뿜어내는 놈의 머리 위로 '인면수심의 발록'이란 글귀가 적혀 있었다.

권경우는 피떡이 될 때까지 처맞은 뒤, 쇠사슬에 묶인 채로 바닥에 널브러져 있었다.

거대한 발록이 화염 채찍을 들고 지키는 앞이다.

성한 몸으로도 도망은 꿈도 못 꿀 판인데, 걷기도 힘든 상태에서 포박까지 당한 이상 가만히 죽을 날만 기다리는 게 편할 거였다.

카오스 길드 마스터 인면수심은 놈을 노려보았다.

"네놈이 올린 영상 때문에 우리 길드가 쓰레기 취급을 받고 있거든? 근데 네놈이 우릴 잡겠다고 와? 영상까지 찍어가며? 진짜 죽고 싶은 거냐? 아니면 우릴 진짜 호구로 보는 거야?"

"차라리 죽여 주십시오."

죽이면 리스폰되고, 지정해 둔 지역에서 다시 태어날 거다. 여기에서는 죽여 주는 게 병신이다.

"이렇게 허접한 새끼도 우리를 노리는데, 아리엘은 오죽하겠어?"

놈은 이를 부득 갈았다.

"내가 그년이라도 재정비하기 전에 들이닥치겠군. 서로 템 날아간 거 뻔하니, 지금이 적기라고 생각하겠지."

인면수심은 잠시간 고민을 하는가 싶더니, 곧 부길마를 불렀다.

대검을 든 버서커가 와서는 그에게 고개를 숙였다.

"부르셨습니까?"

"연합 길드 열 곳에 연락을 취해, 최대한 빨리 이리로 정예를 보내라고 해."

"이유는 어떻게 전하면 되겠습니까?"

"마왕. 그래! 마왕이 이곳에 출몰할 예정이라고 전해라. 그럼 벌 떼처럼 몰려들 테니."

인면수심의 말이 떨어지기 무섭게 버서커는 걸음을 옮겼다.

"후우."

작게 한숨을 내쉰 인면수심은 쓰러져 있는 권경우를 향해 손을 번쩍 들고는 저주를 걸었다.

"아악! 끄아아! 아아아!"

권경우는 화로에 올라간 오징어처럼 몸을 비비 꼬았다.

"끄으윽!"

한동안 살벌한 비명을 토해 내던 놈은 끝내 죽지 못한 채 정신만 잃고 말았다.

강철과 케인은 나란히 서서 마왕성의 서고를 뒤지는 중이었다. 천장에 닿을 만큼 높은 책장이 줄지어 있고, 그 안을 책들이 가득 메우고 있었다.

"마왕님, 책 한 권 찾는 것쯤 저한테 맡겨 두고 쉬시는 게……."

"높이 있는 건 못 꺼낼 거 아냐?"

"사다리 타고 올라가면 됩니다."

촤륵! 촤륵!

강철이 날갯짓을 하여 천장으로 향했다. 케인은 그 모습을 부러운 듯 바라보다 '아무래도 사다리보단 날개가 빠르긴 한 것 같습니다.' 하고 혼잣말을 중얼거렸다.

강철은 장비에 관한 책을 찾고 있었다.

"책 내용 중에 마왕성에 있는 장비를 이계 사람이 쓸 수 있게 해 주는, 뭐 그런 게 없는지 좀 찾아봐."

장비라면 스미든이, 마왕성이라면 케인이 꽉 잡고 있지만, 그 둘이 놓치는 지점을 책이 말해 주진 않을까 하는 생각에서 서고를 찾은 거였다.

"아리엘 양이 쓰는 건가요?"

강철은 별다른 대꾸를 하지 않았다. 케인은 그걸 무언의 긍정으로 받아들였다.

"저도 데려가 주시면 안 됩니까?"

"뭐?"

날갯짓을 하던 강철이 고개를 숙여 케인을 바라봤다.
"마왕님, 저 강하게 설계됐습니다. 궁금하지 않으세요?"
"개뿔, 강하긴."
"진짜라니까요?"
"찾기나 해."
"옙."
케인은 입을 다물고 한참 동안 서고를 뒤졌다.
강철이 위 칸을, 케인이 아래 칸을 맡아 한동안 뒤졌을 때였다.
"마왕님!"
강철은 얼른 날개를 접고 땅으로 내려왔다. 그러자 케인이 조심스레 입을 열었다.
"무기고에 있는 장비는 마왕님뿐만 아니라 저도 쓸 수 있거든요. 물론 저야 빌려 쓰는 거지만요."
케인의 말에 강철이 눈을 빛냈다.
"저는 마계 소속이라 그게 가능한 거고, 아리엘 양은 이계에서 왔으니 그게 불가능한 거고요. 근데……."
"말해 봐. 얼른."
"계약이라는 게 있습니다."
케인은 책 한 권을 내밀었다. 별다른 표지도 없이 붉은 천을 커버처럼 씌워 놓은 책이었다.
"마왕님은 힘을 나눠 주고, 용사는 충성을 맹세하는 게 마계에서 행해지는 계약입니다. 용사 놈들은 그걸 타락했다고 부르더군요."

강철은 케인이 준 책을 열어 보았다. 거기엔 별다른 내용 없이 사람 이름만 줄줄이 적혀 있었다.

"마왕님의 힘을 나눠 받은 이들의 목록입니다. 아마 아리엘 양이 계약을 한다면 맨 끝에 기록되겠지요."

뭐야? 이거 템 하나 쓰자고 너무 살벌한 거 아냐?

"어쨌거나, 계약이 완료되면 아리엘 양은 마계 소속이 될 겁니다. 그리고 그에 걸맞은 새로운 클래스도 부여받게 될 거구요."

장비 하나 쓰자고 계약하는 거면 말도 안 되지만, 소속이 마계로 바뀌고 클래스도 새로 얻게 된다면?

흐음.

"물어나 볼까?"

강철은 뒷머리를 긁적일 따름이었다.

렙업하는 마왕님

척!

강철은 계약자의 목록이 기록된 책을 덮었다.

여기에 아리엘의 이름이 적힌다고?

강철은 마왕과 계약을 한 아리엘의 모습을 상상해 보았다.

머리에 뿔 나고, 적당한 날개도 달리고, 엉덩이에 무슨 꼬리 같은 것도 생기면…….

"안 되겠다. 안 되겠어."

생긴 거야 그렇다 치자.

지금도 유저들한테 그렇게 찍혔는데, 마왕이랑 계약했다는 소문까지 퍼지면 대놓고 욕할 빌미를 주는 꼴이다. 그렇다고 욕할 때마다 찾아가서 때릴 수도 없는 노릇이고.

사실 계약의 이유도 무기고에 있는 스태프 들게 해 주려는 게 다다.

프로모션 때 같이 가겠다는데 13강은 좀 아쉬워 보여서, 더 좋은 거 들 방법 없나 찾다 계약 얘기가 나온 거다.

어차피 프로모션 끝나면 레비아탄을 만나든 다른 레전드리 템을 구하든 할 텐데, 그날 하루를 위해서 계약을 하는 건 좀 오버 아닌가?

어쨌거나 프로모션 말고는 딱히 좋은 템이 필요한 상황은 아니니까.

"그날은 아리엘이 나설 필요 없이 내가 두 배로 열심히 뛰면 되지, 뭐."

그래. 그럼 이걸로 계약 같은 건 깔끔하게 포기하자며 강철이 고개를 끄덕일 때였다.

촤르르륵!

서고 어딘가에서 이상한 소리가 들려왔다.

케인을 살피자 모르는 게 자랑이라도 되듯 당당하게 어깨를 으쓱해 보였다.

둘은 소리가 들려온 쪽으로 걸음을 옮겨 보았다. 그러자 허공에 책을 띄워 놓은 아리엘이 보였다.

그녀는 두 사람이 다가온 것도 모른 채 미친 듯이 책장을 넘기는 중이었다. 책에 빨려 들어갈 것 같은 얼굴을 하고서였다.

"말 걸기가 애매한데?"

강철의 말에,

"지, 집중력이 장난 아닌데요?"

"방해가 되지 않게 빠져 있는 게 낫겠지?"

둘은 조용히 다른 칸으로 걸음을 옮겼다.

아리엘은 서고에서 책을 읽는 중이었다.

원래 마왕을 만나러 온 거였는데, 마왕과 케인이 너무나 진중한 얼굴로 책을 보고 있는 거였다.

대단한 용건으로 온 것도 아닌데 괜히 방해하기도 그렇고 해서 그녀는 잠깐 옆에 빠져 있었다.

그러던 중 생각보다 기다리는 시간이 길어져서 아리엘은 그냥 책을 몇 권 뽑아서 읽어 내려갔다.

게임인데 책 내용을 이렇게 충실히 채워 넣었을 줄이야 감탄하며 시작한 것이, 나중엔 여기 온 목적도 잊고 정신없이 책을 읽게 되었다.

그러다 이왕이면 마법 관련된 책을 읽자는 데 생각이 미치게 된 거였다.

아리엘은 높은 곳에 있는 책을 손가락으로 가리켰다. 그러자 새가 날갯짓하듯 책이 둥실둥실 날아와 그녀의 손에 툭! 하고 내려앉았다.

거기엔 마법의 기본 원리가 충실히 설명돼 있었다.

마나라는 것을 어떻게 모으는지, 그 마나가 어떻게 발현이 돼 마법으로 변하는지 등등 생각지도 못한 내용들이 적혀 있는 거다.

사실 이런 것쯤 몰라도 얼마든지 마법은 쓸 수 있었다. 스킬만 찍으면 마법이야 어떻게든 나갔으니까.

그런데도 그게 어떤 원리인지 이렇게 체계적으로 확인하는 건 나름 신기하고, 재미있는 일이었다.

그러다 문득 그녀를 사로잡는 문구 하나를 읽게 되었다.

〈마나에 구애받지 않는 마법사도 존재한다.〉

마법사의 가장 큰 고민은 단연코 마나다. 그런데 마나에 구애받지 않는 마법사가 있다고?

아리엘이 그 글귀 앞에 돌처럼 굳어 있을 때였다.

띠링-!

[퀘스트가 발생하였습니다.]

[제3의 마법사(1/3)]

퀘스트 조건:마왕성 서고에서 '제3의 마법사'에 관한 정보를 발견하시오.

퀘스트 보상: 연계 퀘스트(1/3) 완료 시 히든 클래스로의 전직

"응?"

순간 그녀의 두 눈이 휘둥그레졌다.

"히든 클래스?"

'마나에 구애받지 않는 마법사'라는 글귀를 읽었을 때 퀘스트가 떠올랐다. 퀘스트 이름이 '제3의 마법사'였고, 보상은 히든 클래스로의 전직이다.

종합하면 마나에 구애받지 않는 제3의 마법사가 곧 히든 클래스라는 뜻이리라.

"마나가 무제한이라는 소리야?"

아리엘처럼 1 대 다수의 싸움을 해야 하는 유저에게 마나량은 가장 중요한 요소이다.

레비아탄의 스태프라는 절대적인 아이템을 들고도 저번 전투에서 고전한 건 고질적인 마나 부족 때문이었다.

한데 문구대로라면 마법사의 한계를 뛰어넘어 마나에서 자유로워질 수 있다는 말인 거다.

"그런 게 가능할 리가 없을 텐데?"

하지만 불가능을 가능으로 바꿔 주는 것이 바로 히든 클래스다. 퀘스트창에 새겨진 '히든 클래스'라는 단어를 몇 번이고 곱씹는 이유도 그 때문이었다.

"히든 클래스라니……."

대륙에 알려진 히든 클래스라 봐야 딱 셋이었다.

당연히 셋 모두 랭커였고, 그들 개개인을 중심으로 거대 길드가 탄생할 정도였다.

셋 모두 길드 마스터와 성주를 겸하며, 막대한 부를 축적하고 있는 건 익히 알려진 사실이었다.

레전드리 템을 얻은 것도 실은 대단한 운이었는데, 이렇게 보란 듯 또 엄청난 기회가 오게 될 줄 상상도 못한 그녀였다.

"당연히 해야죠. 꼭 할 거예요."

아리엘이 고개를 끄덕이자 '퀘스트를 수락하셨습니다.' 시스템 메시지가 떠올랐다.

후우! 길게 숨을 내쉰 그녀는 다시금 퀘스트 완료 조건을 살폈다.

"히든 클래스에 관한 정보가 서고에 있다, 이거지?"

그녀는 말이 떨어지기가 무섭게 책장 이곳저곳 책을 가리켰다. 그러자 여러 권의 책이 뽑혀서는 그녀에게 날아왔다.

아리엘은 10권의 책을 허공에 펼쳐 놓곤 빠르게 내용을 훑어 나갔다.

촤륵!

다 읽기만 하면 특별한 손짓을 하지 않아도 저절로 책장이 넘어갔다.

"마나가 필요 없는 마법사가……."

 방금 전까지 아리엘 앞에 있던 책들은 책장에 꽂히고, 또 다른 책들이 그녀에게 날아왔다.

 그것을 몇 번이고 반복했을 때였다.

"응?"

 순간, 여러 권의 책을 동시에 읽던 그녀의 눈이 한곳에 고정되었다. 어느 한 문구가 그녀의 시선을 확 끈 거였다.

〈피를 재료 삼아 마법을 다루는 마법사에 관하여.〉

"피를? 마나가 아니라?"

 그녀가 그 책을 집어 들자 공중에 떠 있던 다른 책들이 우수수 바닥에 떨어져 버렸다.

 아리엘은 그런 것 따위 아랑곳 않고 얼른 책장을 넘겼다. 뭐에 홀린 사람처럼 책의 내용을 눈에 담기 시작한 것이다.

〈마나를 체내에 축적하는 마법사와 달리, 블러드 메이지는 자신의 피를 소모시켜 마법을 사용한다. 흡혈을 통해 피를 공급받을 수만 있다면 무한한 캐스팅이 가능한 것이 블러드 메이지의 특징이다.〉

"블러드 메이지?"

아리엘은 블러드 메이지에 관한 설명을 빠르게 읽어 나갔다. 읽으면 읽을수록 그 내용에 저절로 빠져들어 어느 순간엔 책 속에 들어가 있는 기분마저 들었다.

"피 한 방울이라도 있는 한 마법을 쏟아 낼 수 있다는 거네? 그게 내 피건, 적의 피건 상관없이."

마침내 책장을 덮었을 때, 그녀는 제3의 마법이 무엇인지 온전히 알게 되었다.

그러자 곧,

띠링!

[퀘스트를 완료하였습니다.]

퀘스트를 완료했다는 기쁨을 누릴 새도 없이,

띠링-!

또 메시지가 터져 나왔다.

[퀘스트가 발생하였습니다.]

[제3의 마법사(2/3)]

블러드 메이지가 되기 위해서는 피의 울음소리에 귀 기울일 수 있어야 합니다. 뱀파이어 로드의 아뮬렛을 구하여 피가 건네는 말을 들어 보십시오.

퀘스트 조건:뱀파이어 로드의 아뮬렛 획득

퀘스트 보상 : 연계 퀘스트(2/3) 완료 시 히든 클래스로의 전직

뱀파이어 로드? 아뮬렛?

고개를 갸웃하던 아리엘은 '아!' 하고 허공에 소리쳤다. 그녀는 퀘스트를 수락한 즉시 서고 밖을 향해 몸을 날렸다.

"어떻게 책을 10권씩 펼쳐 놓고 읽냐?"

강철은 아리엘을 보며 감탄을 금치 못했다. 하지만 그것도 잠시, '하암!' 하품을 쏟아 냈다.

책 보는 것도 지겨워 죽겠는데, 남 책 보는 거 지켜보는 건 얼마나 더 지겹겠나?

강철은 바로 인벤토리를 띄웠다. 그러고는 인벤토리 정중앙에 예쁘게 모셔 둔 스피츠의 보주를 살폈다.

레전드리 아이템!

레벨 부족으로 아직 감정을 제대로 못해서 그렇지, 마력 올려 주는 기본 옵션 말고도 레전드리 특별 옵션이 있을 거다.

레비아탄의 스태프가 무한 캐스팅을 가능하게 해 줬듯, 스피츠의 보주 또한 특수한 옵션이 분명 있을 거다.

모르긴 몰라도 그거 굉장하겠지? 어쨌거나 이 세계 최강

의 NPC가 수여한 아이템이니까!

"보고만 있어도 뿌듯하구만."

"저 말씀이십니까?"

케인 이놈은 예상치 못한 순간에 훅! 들어오는 재주가 있다.

"너겠냐?"

"저 아닐 건 또 뭡니까?"

강철과 케인이 투닥거리고 있을 무렵이었다.

책을 열심히 살피던 아리엘이 책을 내려놓고는 서고 밖으로 달려갔다.

"뭐지?"

"그러게요?"

둘의 목소리를 들었을까? 서고 문고리를 잡던 아리엘이 획 뒤를 돌아보았다.

"아! 저 무기고 가는 길인데, 문 좀 열어 주실래요? 빨리요!"

빨리?

처음 보는 아리엘의 반응에 강철은 일단 날개를 활짝 폈다.

최악! 최악!

강철은 한 손으로 케인의 뒷덜미를 잡아서는 서고 밖으로 날갯짓을 했다.

척!

다른 한 손으론 아리엘의 팔을 붙들었다. 어쨌거나 '빨리요!'라고 했으니까.

그러자 그녀의 발이 땅에서 떨어졌고, 아리엘은 두 손으로 강철의 팔뚝을 붙들었다.

촤악! 촤악!

이건 좀 오버였나? 싶었지만 강철은 날갯짓을 계속했다. 신기하게도 한쪽 손에만 피가 통하는 느낌이었다.

툭- 사뿐.

두 사람을 내려 주고 강철은 날개를 접었다. 케인이 앞장서 무기고 문을 열었고, 아리엘이 뒤따랐으며, 마지막으로 강철이 문을 닫으며 들어섰다.

무기고는 1층이 무기, 2층은 방어구, 3층은 장신구, 4층은 보석으로 층층이 구별되어 있었다.

아리엘은 얼른 3층으로 내달렸다.

이게 무슨 일인가 싶었던 케인은 후다닥 같이 달렸고, 강철은 뒤늦게 3층으로 날아갔다.

"뭘 그렇게 찾으십니까?"

케인의 물음에,

"뱀파이어 로드의 아뮬렛이요. 여기에서 확실히 봤었는데. HP를 엄청 올려 주는 옵션이 있었어요."

아리엘이 얼른 답했다.

그리고 5초나 흘렀을까? 아직도 주위를 두리번거리고 있는 아리엘 앞에 케인이 아주 여유로운 얼굴로 다가왔다. 손에는 붉은색 커다란 알이 박힌 아뮬렛을 든 채였다.

"여기 있습니다."

"정말 감사해요!"

아뮬렛을 받아 든 그녀가 활짝 웃었지만, 그 웃음은 그리 오래가지 못했다.

"왜 퀘스트 완료가 안 되지?"

"예?"

"뱀파이어 로드의 아뮬렛을 획득하라는 게 퀘스트 조건인데……."

그녀는 손에 쥔 아뮬렛을 바라보며, 이게 무슨 일인지 모르겠다는 표정을 지었다.

"손에 들고 있을 뿐이지, 획득한 건 아니라는 거 아닐까요?"

케인의 말에 아리엘은 잠시간 멍한 표정이 되기까지 했다.

강철은 날개를 접고 케인의 옆에 섰다. 그러곤 잠시간 아리엘의 표정을 지켜봤다.

획득하란 말은 착용할 수 있어야 한다는 뜻이다. 아리엘이 그걸 정말 몰랐을 것 같진 않고.

마음이 많이 급한 거 같은데?

이럴 때 자초지종을 물어봐야 제대로 답이 돌아올 리 없으니까.

"그 아뮬렛은 마계 전용 템이야. 아리엘이 착용할 수는 없어."

강철은 먼저 상황을 설명했다. 그녀가 다음 단계를 혼자 생각할 수 있도록 그냥 상황만 툭 던져 준 거다.

그러자 아리엘은 금세 멍한 표정을 지울 수 있었다.

"이걸 착용하려면 어떻게 해야 되죠?"

"아뮬렛이 드롭되는 곳으로 가셔야 하는데, 이 템 같은 경우 더는 필드에서 구할 수가 없습니다."

답은 케인이 대신했다.

"왜요?"

"과거에 사라져 버린 지역이라서요."

그 말인즉 패치가 되었거나, 업데이트 시 삭제된 땅이란 뜻이다.

아리엘은 직접 구할 수 없다는 말이 떨어지기 무섭게 얼른 경매장을 검색하는 듯했다.

하지만 없어진 장소에서 드롭되던 에픽 템이라면 이미 희귀 템 취급을 받을 테니, 검색한다고 뚝딱 나올 리 없었다.

"하아!"

그녀가 길게 한숨을 내쉬었다.

강철과 케인은 조용히 그녀의 다음 말을 기다렸다. 무슨 일인지 묻기에는 아리엘의 표정이 너무 어두웠던 거다.

"히든 클래스 전직 퀘스트를 받았거든요. 퀘스트 조건 중 하나가 뱀파이어 로드 아뮬렛을 획득하는 건데……."

히든 클래스라고?

아, 히든 클래스 때문이라면 아리엘이 얼빠진 사람처럼 뛰어다니던 게 얼추 이해가 된다.

스태프 날려 버린 마당에 히든 클래스라도 꼭 잡고 싶었을 테니까.

아리엘의 머리 위에만 조명이 툭! 꺼진 것처럼 그녀의 표정이 점점 더 어두워졌다.

그 모습을 안쓰러운 얼굴로 지켜보던 케인이 못 참겠다는 듯 슬며시 입을 열었다.

"방법이 없는 건 아닌데……."

"예?"

"이 템을 착용하시는 방법이 있긴 하거든요."

말을 마친 케인은 슬쩍 강철의 눈치를 살폈다.

"뭐예요? 뭔데요?"

꺼졌던 조명에 탁! 하고 불이 들어온 것처럼 아리엘의 표정이 밝아졌다.

"말씀드려도 될까요?"

이미 다 말해 놓고 뭘 물어?

어휴! 아리엘의 저 표정을 보고 말 안 할 수도 없고.
하! 잘하는 짓인지 모르겠네.
강철은 일단 고개를 끄덕였다.

※

그녀가 당장 아뮬렛을 착용하기 위해선 계약을 하는 거 말곤 답이 없었다.
근데 저거 하나 구하려고 계약을 하는 건 좀 그렇지 않나? 언젠가 경매장에 올라올지도 모르는데?
'하긴 그게 언제일 줄 알고 기다려?'
스태프 부서지고 모든 게 끝났다고 생각했을 텐데, '히든 클래스'라는 기회가 바로 찾아든 셈이다.
정말 기뻤을 거다.
하지만 그만큼 마음도 급하지 않겠나.
아리엘은 별말 하지 않았지만, 강철은 그녀의 마음을 너무도 잘 알았다.
강철에게도 그런 시기쯤 얼마든지 있었으니까.
"아리엘 양이 마왕님과 계약을 하시면 소속이 마계로 바뀌면서 무기고에 있는 장비들을 착용하실 수는 있습니다."
끼어들 틈만 노리던 케인이 겨우 뱉은 말이었다. 놈은 얼른 말을 이었다.

블러드 메이지 • 231

"잠깐 빌리는 개념이긴 합니다만, 착용할 수 있으니 퀘스트 완료는 될 겁니다."

"정말요?"

아리엘은 어두운 동굴을 헤매다 출구를 발견한 사람처럼 기쁜 표정이었다.

그에 반해 강철은 냉철했다.

"잘 생각해야 돼. 지금이야 당장 아이템을 들어야 하니까 계약이 꼭 필요해 보여도, 한 걸음만 물러나 봐. 강해질 방법은 얼마든지 있어."

히든 클래스 아니고도 마법사 랭킹 1위까지 찍었던 아리엘이다. 조급해할 이유는 전혀 없는 거다.

그러나 아리엘의 생각은 조금 다른 듯했다.

"원래 저는 뒤가 없어요. 원하면 가야 돼요."

그건 나도!

"일단 있어 봐. 내가 좀 더 자세하게 알아보고 올 테니까."

"예?"

"담배 한 대 피우고 올게."

강철은 얼른 로그아웃 버튼을 눌렀다.

슈웅!

캡슐 뚜껑이 열리고 강철은 얼른 몸을 일으켰다.

바로 앞에서 송재균이 기다리고 있으면 편하긴 하겠다만, 뭔가 좀 무서울 거 같기도 했다.

어쨌거나 방엔 강철뿐이었다.

강철은 유리로 된 문을 열고 밖으로 나섰다. 그러자 직원들의 시선이 강철에게 쏟아졌다.

화장실 가려고 나오다 가끔 봤는데, 오늘따라 유독 주의 깊게 보는 것 같은 기분이었다.

뭐지?

파티션으로 구획된 책상마다 야자나무 이파리 모양의 구조물이 작은 그늘을 만들었다. 그러니까 각자 머리 위에 이파리가 하나씩 드리운 모양이었고, 원하면 거기서 개인 조명을 틀어 둘 수도 있었다.

자유분방한 게 게임 회사 분위기가 나긴 한다만, 전에는 저런 거 없지 않았나?

그러고 보니 모니터도 엄청 큰 걸로 바뀐 거 같고?

뭐지? 이 양반들 돈 좀 벌었나?

직원들은 여전히 강철을 힐끔거렸다.

제법 호의적인 시선들이라서 고개만 갸웃할 뿐, 강철은 별 신경을 쓰지 않았다.

강철은 송재균의 방으로 향했다. 공간이 넓어 거리가 좀 됐지만 마왕성만큼은 아니었다.

똑똑!

노크를 했지만 대꾸가 들려오지 않았다.

그냥 돌아가야 되나 고민할 때, 한 박자 늦게 '들어오세요.'라는 답이 돌아왔다.

야동이라도 보고 있었나?

척! 끼익-

문을 열고 들어가자 송재균과 낯선 사람이 마주하고 있었다. 그들은 야자수 이파리를 뒤집어쓴 직원들 같은 얼굴로 강철을 바라봤다.

흠흠.

송재균은 웬일인지 넥타이까지 하고 있었고, 맞은편에 앉은 남자는 딱 봐도 고급스러워 보이는 남색 정장을 입고 있었다. 모르긴 몰라도 회사에서 한자리 할 것 같은 느낌을 팍팍 주는 차림이었다.

강철을 발견한 송재균은 몹시 반갑다는 얼굴로 자리에서 일어섰다.

"우리 회사 전무님이십니다."

송재균의 말에 전무가 일어나 손을 내밀었다.

"이쪽은 강철 씨입니다."

강철이란 말이 떨어지기 무섭게 전무의 표정이 바뀌었다. 무슨 대단한 은인을 만난 것처럼 눈에서 애정을 막 뿜어 대는 거였다.

"강철 씨? 마왕 강철 씨?"

"아, 예."

"얼른… 얼른 앉으시죠."

두 사람이 마주 보고 앉은 테이블 옆으로 전무가 의자를 가져다 놓았다.

강철은 엉겁결에 앉긴 했는데, 어쩌다 보니 상석에 앉게 된 꼴이었다.

"저엉마알 보고 싶었습니다!"

"저를요?"

"저 정말 감명 깊게 봤습니다. 레벨 차이 어마무지하게 나는데도 조금도 물러나거나 하는 게 없으시던데요?"

뭔 소리냐, 이건?

"카오스 길드랑 전투 말입니다."

"아."

"게임만 하느라 모르셨나요? 난리 났습니다. 조회수만 3억이 넘습니다!"

그 동영상이 나돌고 있단 말인가? 그것도 3억 뷰를 찍을 정도로?

"벼, 별로 기쁘지 않으신 모양입니다?"

"뷰 수익은 책정되나요? 저한테 따로 꽂히는 거 있어요?"

강철의 물음에 송재균이 끼어들었다.

"동영상 뷰에 대한 수익은 동영상 게시자에게 돌아가는

부분입니다."

"그럼 제가 왜 좋아해요? 남 돈 번 걸?"

"아니, 유명해지셨는데……."

전무는 자신 없는 목소리로 기어 들어가듯 말했다.

강철이 너무 단호하니, 혹시 자신이 정말 뭐 잘못 생각한 게 없는지 곱씹는 눈치였다.

"강철 씨께 뭔가 보상이 돌아갈 부분이 없는지 고심해 보겠습니다."

"그게 회사가 할 일이죠."

"예, 예."

강철은 자신도 모르게 넥씨 전무에게 회사 일을 가르친 꼴이 되었다. 이건 좀 아닌가? 싶었지만, 그래도 딱히 티를 내진 않았다.

살짝 민망했는지 전무는 과장된 표정으로 다시 대화를 이끌었다.

"이번 마왕 출격 프로모션 발표 후에 인터넷이 난리도 아닙니다. 실검 순위야 완전히 장악했고, 발표한 지 좀 됐으니 지금은 순위가 빠질 때도 됐는데, 예상 출몰 지역이다 뭐다 해서 열기가 식을 줄을 모릅니다."

처음엔 좀 과장 섞인 표정이었는데, 말하는 와중에 전무는 정말 신난 얼굴이 되었다.

"매출이 말도 못합니다. 두 배예요, 두 배. 프로모션 한 방

에 이 정도인데, 업데이트되면 진짜…….″
"그럼 회사 차원에서 금일봉 같은 거 없나요?"
"예?"
"오다 보니까 직원들 모니터도 바꾸고, 머리에 이파리도 하나씩 올려 주고 했던데요?"

전무의 얼굴에 '쟤는 뭘 자꾸 달라고 하냐?'고 쓰여 있는 것 같았다.

"아, 그것도 저희가 회사 차원에서 논의를 해 보도록 하겠습니다."
"논의 결과를 꼭 알려 주세요. 못 받으면 '못 받게 되셨습니다.' 하고 개인적으로 꼭이요."

이렇게까지 말했는데 한 푼 안 쥐여 주고 넘어갈 순 없을 거다.

전무도 질렸다는 얼굴로 고개를 끄덕였다. 그러고는,
"아, 개발자님과 나누실 대화가 있으셔서 온 것 같은데, 이만 자리를 비워 드리는 게 좋겠네요."

얼른 자리에서 일어나는 거였다.

강철은 따라 일어서서 꾸벅 고개를 숙였고, 전무는 '강철 씨 정말 응원합니다!' 한마디를 마저 내뱉고는 방을 나섰다.

둘만 남게 되자 강철은 슬쩍 편한 자세로 앉았다. 저번에 인간적인 대화 좀 나눴다고 송재균이 약간은 더 편해

블러드 메이지 • 237

진 거였다.

"고맙습니다."

응?

앞뒤 자른 말을 대뜸 던진 송재균이 다시 말을 이었다.

"강철 씨 덕분에 여러모로 상황이 좋아졌습니다."

"아, 오늘은 궁금한 게 있어서 왔거든요."

그런 얘기 길게 못하는 성격이다. 강철은 얼른 화제를 바꾸려 했다.

하지만 송재균의 표정을 보고 있자면 머리 뒤로 '고맙습니다.' 하고 커다란 팻말을 들고 있는 것 같은 기분이 들었다.

에잇! 민망하게.

"계약 시스템에 관해서 묻고 싶은데요."

"시스템상에 설명이 있을 텐데요?"

강철도 모르는바 아니다.

아리엘에 관련된 일이니까, 이왕이면 개발자한테 확실히 해 두는 게 좋을 것 같아서 굳이 밖에까지 나온 거였다.

"혹시 불이익이 있나요?"

"마왕에게요?"

"유저요."

"아."

송재균은 잠시간 아래턱을 매만졌다.

"훗날 계약을 파기한다 하더라도, 마왕의 승인하에 일어난 일이라면 큰 문제는 없습니다. 도리어 파기보다는 마왕과 계약을 했다는 사실 때문에 유저들의 비난을 감수해야 하는 게 더 크겠지요."

강철은 송재균의 얼굴을 잠시간 바라봤다.

모르는 척해 주지만, 누구 때문에 이러는지 그는 대충 알고 있는 눈치였다.

"뱀파이어 로드의 아뮬렛은 경매장 어디서도 구할 수 없는 아이템입니다. 마왕의 무기고에만 비치되어 있는 장비지요."

역시나 송재균은 지켜봤던 모양이다.

"아리엘 양이 히든 클래스로 전직하는 방법은 마왕과의 계약이 유일합니다. 앞으로도 마왕성에서 발견되는 히든 퀘스트는 마왕과의 계약을 통해서만 이루어질 겁니다."

"그럼 계약이란 게 히든 클래스를 부여하고, 충성을 맹세받는 건가요?"

"예. 마왕과의 계약은 기본 전제가 히든 클래스로의 전직입니다. 히든 퀘스트 수행 중에 어떤 방식으로든 마왕과 계약을 맺어야만 다음 단계로 진행될 수 있도록 세팅이 될 겁니다."

"어쨌거나 아리엘이 히든 클래스로 전직하려면 저랑 계약하는 수밖에 없다, 이거죠?"

"그렇습니다."

답은 나왔다. 명쾌해서 좋았다.

원하는 답을 얻은 강철은 얼른 일어섰다. 가볍게 고개를 숙여 인사를 하곤 문을 향해 성큼성큼 걸음을 옮길 때였다.

"강철 씨."

"예?"

"고맙습니다."

저 양반 왜 저래? 안 어울리게?

강철은 대꾸도 없이 방을 나섰다.

[접속이 완료되었습니다.]

전무가 쓸데없는 소리를 늘어놔서 생각보다 늦어지긴 했다만, 그렇게 오래 걸린 건 아니었다.

"오셨습니까."

케인이 꾸벅 고개를 숙였다. 아까 그 자리에 그대로 선 채였다. 그건 아리엘도 마찬가지였다.

눈빛만 봐도 알겠다. 아리엘의 생각엔 변함이 없는 거다.

"블러드 메이지라고 그랬나?"

"맞아요!"

봐라. 목소리에 힘 넘치는 거.

어차피 말린다고 들을 것도 아니고, 방법도 계약밖에 없다고 하니까.

"유저들한테 욕먹는 것 정도는 감수해야 한다더라."

"어차피 뭘 해도 욕할 인간들인데요, 뭐."

"그럼 이제 마계 식구 한 명 더 느는 겁니까?"

둘을 조용히 지켜보던 케인이 슬쩍 끼어들었다.

"시끄러."

"저 딱 한마디 했는데……."

그때였다.

띠링-!

[플레이어 '아리엘' 님이 마왕과의 계약을 원합니다.]

[승인하시겠습니까?]

마왕이랑 계약한다고 피도 보고, 제물도 바치고, 그러는 거 아닌지 식겁했는데, 게임이라 그런지 간단해서 좋았다.

"승인한다."

[수락하셨습니다.]

[플레이어 '아리엘' 님은 마계 소속이 되었습니다.]

[그에 따른 직책은 마왕이 직접 임명할 수 있습니다.]

직책은 또 뭐야?

여하튼 당장 급한 건 아닐 테니까.

상태창을 열어 보니 원래 초록색이던 아리엘의 이름이 붉은색으로 변해 있었다.

후우!

어쨌거나 이젠 진짜 한배를 타게 된 셈이었다.

강철은 저도 모르게 웃음이 나왔고, 아리엘도 이를 드러내며 웃었다.

그녀는 곧 들고 있던 뱀파이어 로드의 아뮬렛을 목에 걸었다. 그러자 다시 시스템 메시지가 떠올랐다.

띠링-!

[플레이어 '아리엘'이 장신구 '뱀파이어 로드의 아뮬렛' 착용을 원합니다. 수락하시겠습니까?]

강철은 고개를 끄덕였다.

[수락하셨습니다.]

기다렸다는 듯 아리엘에게서 광채가 뿜어져 나왔다.

띠링!

[퀘스트를 완료하였습니다.]

그리고 곧,

[퀘스트가 발생하였습니다.]

[제3의 마법사(3/3)]

뱀파이어 로드의 유지를 이어받은 당신은 이제 피의 울음소리에 귀 기울이게 되었습니다. 이제 블러드 메이지가 되기 위해 마계의 지배자에게 인정을 받는 일만 남았습니다.
퀘스트 조건:마왕에게 직책을 수여받아라.
퀘스트 보상:연계 퀘스트(3/3) 완료 시
히든 클래스로의 전직

 계약을 했기 때문일까? 아리엘의 퀘스트 내용을 처음부터 끝까지 확인할 수 있었다.
 [퀘스트를 수락하셨습니다.]
 아까 마왕이 직접 계약자에게 직책을 수여할 수 있다더니, 퀘스트 내용이 딱 그걸 필요로 하는 모양이었다.
 에라이! 어차피 내친걸음인데.
 강철은 직책 중 가장 위에 있는 걸 선택했다. 그러자 아리엘의 이름 옆에 기다란 문구가 추가되었다.
 [제1군 총사령관 아리엘]
 역시나 붉은 글씨였다.
 [퀘스트를 완료하였습니다.]
 [제3의 마법사(3/3)]
 [히든 클래스 '블러드 메이지'로의 전직이 진행됩니다.]
 그 직후였다.
 그오오! 팟!
 아리엘에게서 거대한 빛줄기가 뿜어져 나왔다.

제9장

이렇게 착한 마왕이 또 있을까?

렙업하는 마왕님

광채가 흩어지고, 아리엘의 모습이 보였다.

히든 클래스라 그런지 전직할 때 나오는 이펙트가 장난이 아니었다.

어쨌거나 전직에 성공한 그녀는 외형이 많이 달라져 있었다.

아, 이거 좋지 않은데?

남자라면 절로 눈이 갈 복장이었다.

일단 상체가 너무 파였다. 파여도 별 느낌 없는 몸이 있는가 하면, 아리엘처럼 옷이 조금만 루즈해도 대형 사고가 나는 몸매도 있는 거다.

치마도 보통은 아니었다. 일단 길이는 합격점인데, 옆이 너무 뻥 뚫렸다. 무릎 담요를 허리에 둘러서 옷핀으로 위에만 살짝 고정해 두면 한쪽이 허벅지와 엉덩이 부근까지 훤히 드러날 거다.

"케인."

"예."

"대답만 하지 말고 일단 뭐라도 좀 가져와라."

"아, 옙."

케인은 그 '뭐라도'를 가지러 가면서도 아리엘을 힐끔거렸다. 하마터면 강철은 놈의 뒤통수를 후려칠 뻔했는데, 녀석의 눈치도 보통은 아니어서 얼른 고개를 돌려 버렸다.

에잇! 아리엘이 섹시한 스타일이긴 한데, 뭐 그런 건 적당히 좀 숨겨도 되잖아?

그녀도 민망한지 고개를 살짝 숙일 때였다.

"마왕님! 가져왔습니다!"

케인은 제법 큰 천을 가져왔다. 커튼인지 식탁보인지 모를 천이었는데, 지금 그게 중요하랴?

"마왕님."

케인은 꼭 한 번 물어는 봐야겠다는 듯 강철에게 조용히 다가왔다. 놈은 여고 앞 바바리맨처럼 음흉한 눈을 하고서였다.

"마왕님, 이게 잘하는 짓일까요?"

"다녀와라."

"옙!"

케인은 고개를 숙인 채로 성큼성큼 아리엘에게 다가갔다.

"여기……."

녀석은 옥새를 뺏기는 왕의 얼굴로 천을 내밀었다. 강철의 눈치를 보는지 여전히 시선은 바닥에 고정한 채였다.

"고마워요."

아리엘은 황급히 천을 둘러 몸을 감쌌다.

어쨌거나 히든 클래스가 된 거다. 그녀의 얼굴이 몹시 좋아 보였다.

"전직을 해서 그런지 스탯과 스킬 포인트가 전부 초기화 됐어요."

"그래?"

'어둠의 나라'에서 블러드 메이지는 아리엘 혼자뿐이다. 스킬트리와 스탯 분배에 정석 따위가 존재할 리 없다.

당연히 참고할 자료 하나 없이 맨땅에 헤딩을 할 수밖에 없다는 뜻이다.

이럴 때일수록 강철의 게임 센스는 빛을 발한다.

"마왕님, 좀 도와주실 수 있으세요?"

아리엘도 사람 보는 눈은 있는 거다.

"당연하지."

강철은 가볍게 고개를 끄덕였다.

이렇게 착한 마왕이 또 있을까? • 249

"흐음."

강철은 눈앞에 펼쳐진 시스템창을 꼼꼼히 살폈다.

계약을 한 덕분인지 아리엘의 스탯, 스킬, 블러드 메이지의 특징까지 주요한 정보를 죄다 공유할 수 있었다.

일단 블러드 메이지는 마나 대신 피를 사용한다.

덕분에 피통과 마나통에 스탯을 분산 투자해야 하는 기존의 마법사와 달리, 아리엘은 오로지 피통에만 스탯을 몰빵해도 된다는 장점이 있었다.

"일단 피통이 크니까 잘 죽지도 않겠네."

"그러니까요. 그건 정말 좋아요."

피통을 늘릴수록 마법 데미지도 증가하는 스킬도 몇몇 있었다. HP 계수 옵션이 바로 그것인데, 총 10개의 스킬이 그런 특징을 갖고 있었다.

나머지 30개쯤 되는 스킬들은 마력을 올리면 데미지가 증가하는 무난한 형태였다.

"답 나왔네."

강철의 자신 있는 목소리에 아리엘이 눈을 빛냈다.

"어떻게요?"

"스탯은 하나도 빠짐없이 피통에 박아."

장비를 착용하기 위해선 근력 스탯이 필요하다. 적의 공격을 피하려면 민첩이, 마법 데미지를 증가시키려면 마력도 찍어야 한다.

그런데 강철의 말은 오직 피통에만 올인하라는 거다.

아리엘의 두 눈에 의문이 가득 찼지만, 그녀는 조용히 강철을 바라볼 뿐 어떤 것도 묻지 않았다.

"장신구는 근력 없어도 낄 수 있잖아. 아이템 착용에 필요한 최소 근력은 일단 장신구로 보정받는 거야."

아리엘은 고개를 끄덕였다.

"민첩은 필요 없어. 오기 전에 죽이면 돼."

"예?"

"마력도 필요 없어. HP 계수가 붙은 스킬만 찍을 거니까."

30개 스킬은 버리고, HP 계수가 붙은 10개의 스킬만 찍는다는 소리다.

"모든 스탯을 피통에 박고, 템도 HP 증가 옵션으로 죄다 두를 거야. 그런 상태로 HP 계수가 붙은 스킬을 쓴다고 생각해 봐. 데미지가 2만쯤 나올 거야."

"2, 2만이요?"

2만이면 발록이 한 방에 뒈질 정도다. 그녀의 눈이 휘둥그레지는 것도 무리는 아니었다.

"물론 선택은 아리엘이 하는 거야. 나는 블러드 메이지의 강점을 극대화시키는 방식을 제안한 것뿐이고."

강철은 한 번쯤 강조하고픈 말도 있었다.

"콘셉트가 확실한 대신 포기하는 것만큼의 위험부담은 안고 가야 해. 하지만 내가 말한 방식이 가장 강력한 블러드 메이지를 완성하는 길인 건 확실해. 그건 내가 보장해."

강철은 자신감과 확신으로 똘똘 뭉친 눈빛을 하고 있었다.

"마왕님은 그 모든 위험부담을 감당할 자신 있는 거죠? 오로지 실력으로?"

"응."

그의 답에 아리엘은 피식 웃고 말았다.

"솔직히 말해 줘요. 마왕님이 그려 놓은 밑그림이 있다면, 제가 그걸 얼마나 그려 낼 수 있다고 생각해요?"

"50퍼센트는 할 수 있지 않을까?"

"저 유저 랭킹 1위였거든요?"

그래서 한 말이다, 50퍼센트는.

자존심 상할까 봐 조금 더 써 준 것이기도 하고.

강철의 얼굴에 그 말이 다 써져 있었을까?

"50퍼센트면 해 볼 만한 거 같기도 하네요?"

그녀가 익살스런 얼굴로 너스레를 떨었다.

"무난하게 키워도 돼. 아리엘의 방식대로."

"더 강해질 수 있는 길이 있는데, 위험부담 때문에 그걸 포기하라고요?"

강철은 어깨를 으쓱해 보였다. 마음대로 하라는 뜻이었다.

"말했었죠? 내 인생 직진이라고."

그럴 줄 알았다.

아리엘은 말이 떨어지기 무섭게 보유한 스탯 포인트를 HP에 다 찍었다. 스킬도 HP 계수가 붙은 10개 스킬에만 집중 투자했다.

"잘하는 거겠죠?"

"잘한 걸로 만들어야지."

과연 강철다운 대답이라며 아리엘은 빙긋 웃어 보였다.

※

탈진 상태의 권경우가 바닥에 널브러져 있었다. 혹시 모를 도주에 대비해 발록이 채찍을 쥔 채 옆을 지켰고, 인면수심은 틈나는 대로 저주를 걸었다.

놈은 몸만 꿈틀거릴 뿐, 더는 비명을 지를 힘조차 남아있지 않았다. 인면수심이 죽지 않을 만큼만 저주를 건 탓이었다.

그러는 동안, 각 길드의 네임드 유저들이 속속 몰려들었다.

그중 가장 돋보이는 이는 씨너스 길드의 마스터인 리온이었다. 그는 대륙에 셋밖에 없다는 히든 클래스 보유자로, 최상위 랭커들 중에서도 손꼽히는 네임드 유저였다.

과연 권경우에게 화풀이를 하던 인면수심 또한 리온을 발견하곤 버선발로 달려 나왔다.

"간만에 뵙습니다."

인면수심이 꾸벅 고개까지 숙였으나, 리온은 손만 슬쩍 들 뿐이었다.

건방진 태도였지만 인면수심은 어떤 말도 하지 못했다. 도리어 난감한 기색이 표정에 고스란히 드러날 정도였다.

"마왕이 출몰한다는 게 사실인가?"

부길마, 이 병신 같은 새끼!

구라를 쳐서 데려오는 거면 적당한 선까지 데려와야지, 리온한테 연락을 하면 어쩌자는 거야!

인면수심의 난감한 표정은 그 때문이었다.

"아, 그게……."

인면수심이 말을 더듬는 순간, 리온의 눈에서 서늘한 기운이 뿜어져 나왔다.

"어떻게 정보를 입수한 거지?"

"아, 예. 넥씨 쪽에 선이 닿아서… 예, 어떻게 알게 됐습니다."

차마 거짓이라고 말할 수 없던 인면수심은 일단 입에서 나오는 대로 둘러대 두었다.

인면수심의 등으로 식은땀이 흘러내렸고, 누군가 면도칼로 그은 것처럼 등줄기가 시큰했다.

리온은 여전히 서늘한 얼굴을 한 채로 인면수심의 어깨

를 두드렸다.
"자네 집무실이 어디인가?"
"최상층에 있습니다."
"안내하게."

인면수심은 튀어나오려는 욕지기를 집어삼키며 태연한 얼굴로 앞장섰다.

놈은 즉시 부길마에게 귓말을 날렸다.

「리온한테까지 연락을 넣으면 어쩌자는 거야!」

답신은 바로 날아왔다.

「아, 리온 님이 오셨습니까? 저는 연락드린 적이 없습니다만……..」

「뭐?」

인면수심은 고개를 슬쩍 돌려 리온을 바라봤다.

의도하지 않게 눈이 마주쳐 인면수심은 비굴한 웃음을 보이고는 얼른 시선을 앞으로 돌렸다.

'젠장! 어디서 또 주워듣고 온 모양이구만.'

하기야 헛소문을 퍼뜨릴 때는 이 정도 상황까진 각오를 했어야 옳다.

인면수심은 실수를 자책하며 아랫입술을 베어 물었다.

저벅저벅.

계단을 올라 층계참을 돌고, 또 계단을 올라 층계참을 돌길 몇 번을 반복하자 성 최상층이 나왔다.

"전망은 좋군."

리온의 말에 '아, 예.' 하고 영혼 없이 대꾸할 때였다.

무심코 성 밖으로 시선을 던진 인면수심의 눈이 휘둥그레졌다. 수없이 봤던 광경이 완벽히 어그러져 있어서였다.

"이… 무슨?"

성으로 향하는 길은 온데간데없고, 그곳을 사람들의 머리가 빽빽이 메워 버렸다.

그들은 성으로 밀려드는 중이었다. 먼저 들어가겠다고 좁은 입구를 향해 머리를 들이밀기까지 했다.

'저, 저들이 다 마왕 때문에 온 거라고?'

무심코 던진 한마디가 대체 어떤 결과를 불러오려고 이러는지 예측조차 되지 않았다.

잘못하면 리온의 손짓 한 번에 인면수심은 모든 것을 잃을 수도 있었다.

인면수심은 올라오는 깊은 한숨을 삼키며 집무실로 걸음을 옮겼다.

⇘

아리엘은 특별히 장비를 고를 필요도 없었다.

뱀파이어 로드 세트라고 해서, 에픽 15강 세트가 무기고에 떡하니 있었기 때문이다.

역시나 이계 사용 불가에 거래 불가 옵션이 떡하니 붙어 있었는데, 다행히도 프로모션 기간만큼은 아리엘도 이계에 들고 나갈 수 있는 모양이었다.

총 9조각의 장비가 피통만 3천을 늘려 줘서 기본 피통이 7천에 육박했다.

모르긴 몰라도, 게임 내 수준이 분명해 보였다.

일단 템을 바꿔서 그런지 노출이 좀 완화된 부분은 만족스러웠다.

아리엘은 새로 얻은 스태프를 말아 쥐었다. 끝에 박쥐 날개 문양의 장식이 박혀 있는 붉은 스태프였다.

과연 15강답게 영롱한 아우라도 뿜어져 나왔다.

그래. 유저 랭킹 1위인데 그 정도는 들어 줘야지.

"준비는 다 됐지?"

"아직 안 됐습니다."

대답은 엉뚱한 데서 들려왔다. 아까부터 무기고를 들쑤시며 제 몸에 딱 맞는 장비를 고르는 케인이 문제였다.

데려간다고 한 적이 없는데?

"너 가면 순삭이야, 인마."

"마왕님, 인간적으로 저 너무 무시하시는 거 아닙니까?"

쟤는 지가 인간인 줄 아나 보다.

"마왕님, 저도 마왕이었습니다. 스피츠랑 별반 다를 게 없어요! 진짜로요!"

케인은 어느덧 장비를 다 맞춰서는 강철에게 다가왔다. 무기고를 꿰고 있는 녀석답게 용케 좋은 것만 골라서 왔다.

"마왕님, 이거 간만에 외출인데, 저 칭호 하나만 주시면 안 됩니까?"

그리고 아직 허락도 하지 않았는데 한술 더 뜨고 나섰다.

"칭호?"

"아리엘 양 이름 옆에… 제1군 총사령관……."

하! 그놈 참 서럽게도 바라본다.

직책을 준다는 게 나름 좋은 면이 많은데, 이렇게 귀찮게 느껴질 수도 있다는 것을 강철은 새삼 깨달았다.

그래! 케인 정도야 오랜 시간 봐 온 정이 있으니까.

강철은 얼른 창을 띄워서는 제일 위에 있는 걸 골랐다.

[제2군 총사령관 케인]

놈의 머리 위에 떠오른 문구였다.

"흐흐흐! 감사합니다."

저게 뭐라고 케인은 함박웃음을 지어 가며, 강철을 존경스런 눈으로 바라보았다.

솔직히 어이가 없는 일이다. 그러나 지금은 그러려니 하고 넘어가는 게 좋았다.

"마왕님도 오늘은 마왕 칭호를 달고 나가시죠?"

"응?"

"어차피 이제 마왕이신 거 다 알게 될 거 아닙니까? 자신감 있게 나가시죠?"

나쁘지 않은 생각이었다.

강철은 시스템창을 열어 보았다.

카이얀에서 절대자였던 강철이지만 그건 유저였지, 지금처럼 무슨 마왕 역할을 한 건 아니었다.

칭호를 보이고 숨기고 할 필요가 없었기에 그런 시스템은 생소했다.

아, 그러고 보니 특별한 세팅을 하지 않는 한 저절로 숨겨지기 때문에 이런 게 있는 줄도 몰랐던 거다.

"그러니까 원하면 마왕이란 글귀가 머리 위에 떠 있게 할 수가 있단 말이지?"

"옙!"

그러고 보니 전에 카이얀에서 저놈은 항상 머리에 '마왕'이라는 글자를 달고 다녔던 것 같기는 하다.

강철은 그거 정말 멋있으니까 꼭 하고 다니라는 듯한 케인의 눈을 보며 잠시 망설였다. 어쩐지 케인이랑 같은 수준이 되는 것 같아서였다.

막말로 '나 마왕이요!' 하고 떠들고 다니는 것도 좀 유치한 느낌이고.

'됐다. 넣어 두자. 지금처럼 이름만 뜨면 되지, 뭐.'

뭐, 대단한 것도 아니라고 생각하려던 차였다.

그런데 갑자기 송재균의 얼굴이 떠올랐다. 그냥 몇 번씩이나 고맙다고 말하던 송재균의 얼굴이 말이다.

어차피 프로모션으로 하는 거니까 홍보 효과가 극대화되면 서로서로 좋지 않겠나. 그러려면 마왕 칭호쯤 띄워 줘야 그림이 제대로 나오는 거다.

어차피 다음 주면 업데이트돼서 마왕인 거 뻔히 다 알 것, 미리 알려진다고 큰 피해 볼 것도 아니고.

강철은 말없이 시스템창에서 칭호를 선택하는 버튼을 눌렀다.

그때였다.

화아아악!

삽시간에 피처럼 붉은빛이 강철의 주변을 감쌌고, 머리 위의 뿔과 날개에서 날카로운 광채가 번득이기 시작했다.

"와아-!"

그리고 강철의 머리 위로 굵직하고 사악한 글씨로 '마왕'이라는 두 글자가 피어났다.

"이제야 품격이 완성된 느낌입니다!"

케인이 넋을 잃은 얼굴로 감탄을 뱉어 냈고,

"굉장하네요!"

아리엘이 그녀답지 않은 시선으로 탄성을 질러 주었는데,

"시끄럽고, 포탈이나 열어라."

"옙!"

강철은 그 모든 게 어쩐지 낯간지러워서 버럭 소리를 질렀다.

⋗

콰아아아!

강철 일행은 운석처럼 카오스 길드의 성으로 떨어지는 중이었다.

찰스가 열어 주는 마법진은 정말 간단한데, 이놈의 포탈은 왜 이렇게 요란한 거지?

어쨌거나 저번처럼 등장할 때부터 기본으로 몇 명 죽이고 시작하는 것도 나쁘진 않으니까.

"흐음."

먼저 성이 보였고, 성안을 가득 메우고 있는 사람들이 눈에 들어왔다.

카오스 길드원들이 저렇게 많았나?

성으로 향하는 길에도 사람들이 그득그득했다.

놈들은 뭔가 얻어먹을 게 있다는 양 자꾸만 성안으로 몸을 밀어 넣었다.

출근길 지하철에 몸을 욱여넣는 사람들처럼 말이다.

검은색 덩어리로 보이던 머리통이 점점 그 윤곽을 또렷이 드러낼 때였다.

이제 착지하겠구나.
콰앙-!
거대한 소리와 함께 먼지가 멋지게 피어올랐다.
그래! 이제 메시지가 떠올라 줘야지! 무지하게 죽였다고!
"응?"
그런데 시간이 지나도 몇 놈 죽어 나자빠졌다는 말이 들려오지 않았다. 분명 저번처럼 멋지게 등장했는데 말이다.
낙하지점에 있던 놈들이 결정적인 순간에 몸을 피한 모양이었다.
과연 주위를 둘러보니 사람들 틈에 널브러진 채로 가슴을 쓸어내리는 놈들이 꽤 보였다.
제논 길드처럼 호락호락하게 당할 실력은 아니라, 이거지?
"마, 마왕!"
"마왕이다!"
몇 놈이 강철의 머리 위를 가리키며 소리쳤다.
염병! 칭호 하나 달았다고 바로 알아보는구나.
거기서 끝이 아니었다.
"저 여자, 아리엘 아니야?"
"외형이 좀 달라져 있는데?"
"아리엘이 왜 마왕과……."
강철은 유저들의 반응 따위 전혀 궁금하지 않았다.

어차피 적들이다. 잡으면 보상금을 20만 원씩이나 주는 아주 사랑스러운 적!

강철은 고민할 것도 없이 사이드를 휘둘렀다. 물 반 고기 반이라, 던지는 족족 월척일 거였다.

부우웅! 댕겅!

한 방에 다섯 놈이 나가떨어졌다.

백만 원이다! 백만 원!

사이드 한 번에 백만 원을 번 거다!

딱 한 번이었는데, 적들의 눈에 호기심 따위는 사라지고 그 자리를 긴장과 독기가 대신했다.

그래! 그렇게 나와야 제대로지.

"하아아아!"

아리엘도 가만있지 않았다. 스태프를 번쩍 들어 올리자 얼음 결정이 튀어나오더니, 송곳 같은 얼음덩이가 사방으로 쏟아져 나왔다.

"크헉!"

"끄아악!"

비명이 터져 나왔지만 숨통을 끊어뜨릴 정도는 아니었다. 하지만 아리엘도 거기서 그치지 않았다.

"하아앗!"

얼음 마법에 둔화 효과가 걸린 적들의 머리 위로,

콰과과광!

화염으로 뒤덮인 운석이 떨어졌다.

속도는 느려도 효과는 기막힌 마법인데, 발이 묶인 놈들은 꼼짝없이 당하는 수밖에 없었다.

쾅! 쾅!

가까스로 도망친 놈들은 하나같이 턱이 부서졌다. 케인이 기어코 따라가 너클을 꽂아 넣은 거다.

카이얀에서는 밥값도 못하던 케인이지만, 지금은 또 제법이었다.

그렇다고 놈의 말마따나 강하게 설계되고 어쩌고 말할 단계는 아니었지만, 아무튼.

뎅겅! 뎅겅! 파바바바! 쾅! 쾅! 쾅! 쾅!

강철과 아리엘, 케인 달랑 셋이서 성을 쑥대밭으로 만들어 버릴 때였다.

쿠아앙-!

이 울음소리 많이 듣던 건데?

그럼 그렇지!

사람들 너머에 기둥처럼 서 있는 발록이 보였다.

놈은 다시금 허공에 크게 울부짖고는 강철을 향해 성큼성큼 다가왔다. 같은 편을 발로 밟아 가면서.

"오냐! 너 잘 걸렸다."

발록한테 당한 것만 생각하면 치가 다 떨리는 강철은 기다렸다는 듯 사이드를 그러쥐었다.

뒈져라! 이 괴물 새끼야!
강철이 자신 있게 사이드를 휘두른 그때였다.
쐐애액! 털썩!
발록이 절을 하듯 엎어져서 강철의 사이드는 허공을 갈라야 했다.
이 새끼, 왜 안 하던 짓을 하고 그러지?
달려오다 주저앉는 건 전혀 예상치 못한 움직임이었다.
저렇게 엎드려 있다 굶주린 개처럼 뛰어들 걸 예상하여 다시 사이드를 쥐는데…
어라? 저놈 이상하게 엎드려서 일어나질 않았다. 머리를 조아린 채로 꼬리를 말기까지 하고 말이다.
그때였다.
띠링-!
그런데,
"뭔데, 넌 또?"
그 와중에도 20만 원짜리 다발들이 들이닥쳐 강철은 일단 사이드를 휘둘러야 했다.

↪

성 최상층에서 아래를 내려다보는 인면수심과 리온의 표정은 극과 극이었다.

'시발! 이게 어떻게 된 일이지?'

마왕의 느닷없는 등장에 인면수심은 그저 황당할 따름이었다.

아니, 아리엘 잡겠다고 거짓 정보 좀 흘렸는데 진짜 마왕이 떨어진 것도 모자라…

'아리엘은 또 뭐고?'

느닷없이 아리엘이 하늘에서 뚝 떨어진 게 아닌가? 그것도 마왕과 한 세트로 말이다.

어쨌거나 마왕 잡겠다고 수많은 사람들이 몰려든 성안이다. 소문만 듣고 리온이 찾아올 정도니, 모르긴 몰라도 예상치 못한 네임드 유저들이 꽤 많을 거였다.

그들도 아리엘한테 좋은 감정은 없을 테니까 굳이 살려 보내진 않을 터였다.

어떻게든 복수는 성공적으로 끝나겠다만, 그 과정이 너무 예상 밖이라 인면수심은 할 말을 잃은 채였다.

리온은 그런 그에게 다가가 치하하듯 어깨를 두드렸다. 누가 봐도 아랫사람을 대하는 태도였지만, 리온은 조금의 거리낌도 없어 보였다.

"자네 말이 사실이었군."

"예?"

"마왕이 출몰한다더니, 정말 제대로 된 정보를 물고 왔어."

"아, 예. 제가… 없는 소리를 할 리는 없겠지요."
"넥씨에 줄이 닿아 있다고 했었지?"
줄 따윈 없다. 아리엘 친다고 하면 인터넷 여론 생각에 다들 뺄까 봐 그냥 마왕 핑계를 댔을 뿐이다.
"예. 아는 사람이 있습니다."
그런데도 답이 이렇게 나왔다. 한 번 뱉은 거짓말을 주워 담을 수가 없는 탓이었다.
그나마 다행인 건 리온이 더 이상의 관심은 보이지 않는다는 거였다. 만에 하나라도 소개해 달라든지, 더 좋은 정보를 달라든지 했으면 골치 아플 뻔했는데, 그에 관한 건 거기서 딱 말을 그쳤다.
"마왕이라더니, 제법인데?"
"그런 것 같습니다."
"저 옆에 있는 건 아리엘이지?"
"맞습니다."
"외형도 외형이지만, 마법 자체가 완전히 달라졌어. 같은 마법사인 자네가 보기엔 어떤가?"
마법사랑 흑마법사가 어떻게 같냐?
마음은 그랬지만 인면수심은 놈의 의견에 동조하며 입을 열었다.
"완전히 달라졌습니다. 이쯤 되면 마나 부족에 허덕이며 포션을 빨든, 어디 구석에 처박혀 마나를 회복하든, 그도 아니면 믿을 만한 탱커 뒤에서 보조 마법이나 쓰며 시간을 끌든 뭘 해도 해야 하는데, 아직까지 마법만 주구장창 쓰는 게 뭔가 좀 이상합니다."

"저럴 수가 있나? 마법사가?"

"없습니다."

"그럼 둘 중 하나겠군."

리온은 확신에 찬 눈으로 말을 이었다.

"또 다른 레전드리 템을 손에 넣었거나."

그걸 또? 말도 안 되는 소리!

"아니면 히든 클래스로 전직했거나."

그건 더 말도 안 된다. 어떻게 좋은 것만 쏙쏙 골라 받냐? 그것도 저년만!

리온은 그게 뭐 좋은 일이라고 방긋거렸다.

그 모습을 보고 있자니 인면수심은 울화통이 치밀어 올랐다.

'에잇! 이 새낄 마왕한테 확 던져 버려?'

마음은 그런데, 도무지 뒷감당이 안 될 것 같아 입맛만 다실 때였다.

"오늘은 왠지 이상한 일투성이군."

또 뭐?

"저건 자네가 소환한 발록 아닌가?"

리온의 말에 인면수심은 이를 악물었다.

'저 새낀 오지랖도 넓지. 남의 소환물까지 신경을 쓰고 지랄이네?'

인면수심이 억지로 고개를 돌렸을 때,

"어… 어?"

놈의 얼굴에 황당함이 피어올랐다.

발록이 마왕에게 넙죽 절을 하는 것을 두 눈으로 똑똑히 보고 만 거였다.

이, 무슨 엿 같은 경우가!

인면수심은 놀란 얼굴로 번쩍 손을 들어서는 주문을 외워 댔다.

"……."

하지만 발록은 아무런 반응도 보이지 않았다.

아, 반응이랄 게 있긴 했다. 지금 조아린 것으로는 부족했는지 더 깊이 머리를 박는 게 딱 그랬다.

"멀어서 말을 안 듣나 보군."

리온이 조롱하듯 지껄였다.

"내려가서 해 보게. 혹시 모르지. 자네 말을 들을지도."

이 개새끼를 그냥!

어쨌거나 지금 중요한 건 발록이다. 리온 저 새끼를 당장 어떻게 할 수 있는 것도 아니었으니까.

인면수심은 이를 부득 갈며 계단을 향해 급히 내달렸다.

이렇게 착한 마왕이 또 있을까? • 269

네모반듯한 성 내부엔 서로 다른 차림의 적들이 빽빽이 들어서 있었다. 놈들은 '마왕 최초 공략자'라는 타이틀을 얻기 위해 눈에 불을 켰다.

마왕 잡으면 나오는 레전드리 아이템은 한 개밖에 없는데, 여기 모인 놈들은 죄다 그걸 원했다.

막타를 쳐야 모든 영광을 얻을 수 있으니, 서로 눈치만 볼 뿐 누구도 나서지 않았다.

결국 놈들은 서로가 서로의 경쟁자였다. 별 대단치도 않은 것들이 잘하는 짓들이었다.

뎅겅! 뎅겅! 파바바바! 쾅! 쾅! 쾅!

반면 이쪽은 아주 그냥 손발이 착착 맞았다.

강철이 요리를 내오면 아리엘이 그릇에 담고, 케인은 서빙을 하는 식이었다.

미리 역할을 정한 것도 아닌데, 눈 몇 번 마주치자 포지션이 저절로 나뉜 거였다.

"오늘만큼은 막타 걱정할 필요가 없구나!"

적들이 워낙 많아서 아리엘과 케인이 좀 나선들 문제 될 거 없었다.

뎅겅! 뎅겅!

"와아아아!"

봐라. 죽인 만큼 성으로 또 들어오는 거.

고마운 놈들! 그래! 더 와라! 너희들이 다 돈이다, 돈!

강철은 목으로 향하는 칼을 날개로 막고, 바로 뿔로 들이받았다. 뒤를 노리는 적들은 사이드를 한 바퀴 돌려 모조리 보내 버렸다.

현금 뭉텅이를 툭툭툭! 던져 두는 소리가 귓가에 맴도는 것 같았다.

이 전투를 끝내면 대체 얼마를 벌 수 있을까?

뎅겅! 뎅겅!

감도 안 잡혀서, 그게 너무 행복했다.

쐐애액!

사이드를 사선으로 긋자 적들의 몸이 두 동강 난 채로 우수수 무너졌다.

그래! 마왕 일 하면! 빚 다 갚을 수 있다!

살아생전 아빠를 그렇게 괴롭혔던 빚!

무덤까지 가지고 간 꼬리표! 떼어 줄 수 있다, 이제는! 내 노력으로!

뎅겅! 뎅겅! 뎅겅!

세상에 이렇게 착한 마왕이 또 있을까?

얘들아! 뒈지는 거 좀 억울해도! 착한 마왕한테 죽은 거니까, 그냥 조용히 가라!

강철은 날개를 펴 허공으로 날아올랐다.

정말이지 많은 놈들이 강철을 잡겠다고 달려들었다.

앞에 있는 놈을 사다리 삼아 밟고, 또 밟아서 허공에 있는 강철에게 들이닥쳤다.

막타만 겨우 노리던 놈들도 이제 독이 오른 모양이었다.

그래, 와라!

촤악! 촤악!

날갯짓을 하던 강철은 적들을 향해 입을 쩍 벌렸다. 그러고는 숨을 깊게 들이쉬어서,

콰아아아아아!

입을 쩌억 벌려 불을 내뿜자 근처가 다 잿더미로 변해 버렸다.

눈 뒤집혀 달려들던 적들도 그 모습을 보자 이제는 조금씩 정신이 드는 모양이었다.

덤벼! 이것들아!

보상금만 걸려 있으면 자다가도 '감사합니다!' 하고 달려 나올 테니, 제발 지금처럼 쏟아져만 와 다오!

바로 그때였다.

"일어나라! 왜 말을 안 듣니!"

강철이 오만 잡놈들에게 사이드를 휘두르고 있는데, 또다시 익숙한 소리가 들려왔다.

과연 아직도 발록은 머리를 조아렸고, 그 옆으로 놈을 어르고 달래는 인면수심이 보였다.

너 이 새끼?

퉤! 퉤!

강철은 사이드를 말아 쥐었다.

발록 그놈은 소환수라 돈 한 푼 안 돼서 가만뒀다만, 넌 인마, 좀 다르잖아?

너한테 걸린 현상금만 1억이다, 1억!

복수도 복수지만, 카오스 길드를 1차 타깃으로 정한 이유가 저놈이었다.

촤악! 촤악!

미안하다, 발록아.

주인 잘못 만난 대가로 너도 같이 뒈져야겠다.

강철은 인면수심과 발록을 향해 달려들었다.

렙업하는 마왕님

쐐애액!
강철의 사이드가 인면수심을 향해 쏘아져 들어갔다.
1억이다!
하지만,
챙!
시원하게 날아가던 사이드가 더 뻗지 못하고 중간에서 막히고 말았다. 인면수심이 해골 문양이 박힌 완드를 꺼내 공격을 막아 낸 거였다.
"하! 새끼!"
뱀 대가리 스태프 떨구고, 어디서 그지 같은 완드 하나 주워 왔나 보다.

"크큭! 완드도 못 뚫는 공격이라니."

놈이 비릿한 미소를 그리며 강철을 쳐다봤다. 제법 자신이 생긴 표정이었다.

강철은 놈의 명치로 발을 내뻗었다.

그러나,

척!

놈은 또 완드를 가져다 공격을 막아 냈다. 기분 나쁜 미소는 여전한 채였다.

강철은 굴하지 않고 사이드를 휘둘렀지만, 놈은 백스텝을 밟아 뒤로 빠졌다. 말은 그렇게 해도 육탄전은 부담스럽다는 생각인 듯했다.

강철은 그 틈을 놓치지 않으려 다시 달려들었는데, 이번엔 놈이 먼저 완드를 치켜들었다.

[저주-공포가 시전되었습니다.]

[겁에 질려 뒷걸음질을 치게 됩니다.]

[세트 아이템 효과(저주 저항 75퍼센트)가 발동되었습니다.]

놈에게 향하던 발이 저절로 움직였다. 저주의 효과가 분명했다.

뒷걸음질을 치는 와중에도 강철은 입을 쩍 벌려,

콰아아아!

놈에게 불길을 내뿜었다. 그러자 녀석은 발록을 방패 삼

아 얼른 몸을 숨겼다. 그러고는 다시 완드를 들어 올리자,

파밧!

땅에 균열이 생기며 그곳으로부터 거대한 골렘 하나가 솟아올랐다. 온몸이 금속으로 뒤덮인 걸 보니 아이언 골렘이 분명했다.

쿵! 쿵!

걸음을 옮길 때마다 땅에 쩍쩍 금이 갔다. 놈의 시선은 오로지 강철에게 고정되어 있었다.

화아아악!

놈은 강철이 내뿜는 불줄기를 온몸으로 막아 냈다. 불에 대한 내성이 있는 모양인지 조금도 물러섬이 없었다.

"ㅎㅎㅎ!"

인면수심은 그 틈을 이용해 얼른 발록에게 완드를 내밀었다.

그오오오!

그러자 해골 문양의 완드 끝에서 기이한 소리가 터져 나오더니, 곧 머리를 조아리고 있는 발록이 완드로 빨려 들어갔다.

말을 듣지 않는 놈을 세워 둘 바에야 차라리 다른 소환물을 불러오겠다는 생각이 틀림없었다.

과연…

파밧!

완드에서 빛이 뿜어져 나옴과 동시에,

쩌저적!

다시금 땅에 균열이 생겼고,

크그긍!

그 틈을 뚫고 골렘이 또 튀어나왔다. 이번엔 온몸이 불길로 뒤덮인 파이어 골렘이었다.

띠링!

[저주-공포 효과가 끝났습니다.]

염병할!

75퍼센트나 저항 효과를 부여받았는데도 골렘 두 마리가 생짜로 튀어나올 때까지 못 움직였다.

저걸 제대로 맞으면 대체 어떻게 된다는 거야?

1억이나 되는 보상금을 괜히 주는 게 아닌 거다.

"후우!"

강철은 길게 한숨을 내쉬었다.

마계에서만큼은 아리엘 말마따나 레벨 1천대의 솜씨를 발휘하는 강철이다.

하지만 그건 마왕의 주 무대인 마계에서다.

이계로 넘어오는 순간, 일단 디버프를 받기 때문에 100퍼센트의 능력치를 발휘할 수가 없다.

"이런 거, 저런 거 다 따지면 돈은 언제 버냐?"

강철은 사이드를 꾸욱 말아 쥐었다. 없으면 없는 대로 적들을 썰어야 그게 진짜 고수인 거니까.
 쿵쿵! 쿵쿵!
 두 마리 골렘이 날아드는 그 틈으로,
 "하아아아!"
 조금의 망설임도 없이 강철은 몸을 날렸다.

 탁!
 아리엘은 등에서 느껴지는 서늘한 감촉에 얼굴을 찌푸렸다.
 적들을 피해 백스텝을 밟으며 마법을 쏘아 온 참이었다. 한데 성벽에 등이 닿고 만 거다.
 그만큼 몰렸고, 더는 달아날 곳이 없다는 뜻이었다.
 "흐흐흐!"
 탐욕스런 눈길이 아리엘에게 쏘아졌다.
 마왕과 함께 등장했으니 레전드리만은 못해도 대단한 에픽 템은 떨구지 않을까 기대하는 눈치들이었다.
 적들은 성벽에 등을 기댄 아리엘을 중심으로 반원을 그린 채 서 있었다.
 겹겹의 포위 벽이 아리엘을 둘러싸서 도망치려면 하늘로 날아오르는 수밖에 없었다.
 하지만,
 슉!

궁수들은 이미 허공에 활시위를 조준한 채였고,

그으응!

마법사들은 대공 마법을 준비 중이었으며,

스그긍!

탱커들은 그게 어디가 됐든 뛰어들 준비가 됐다는 양 검을 뽑아 든 채였다.

저벅저벅!

적들은 조금씩 간격을 좁히며 다가왔다.

놈들이 뿜어내는 숨소리가 기병대의 발굽 소리처럼 진군해 들어올 때였다.

"하아아앗!"

그녀는 본능적으로 스태프를 치켜들었다.

그러자,

빠지직! 빠지직! 콰아아아앙!

거대한 전류가 스태프 끝으로 줄기줄기 뿜어져 나왔다.

그녀를 압박하던 적들은 비명을 토해 내며 그대로 고꾸라져서는 일어나지 못했다.

그러나 마법을 쏟아 내도 놈들은 멈추지 않았다. 널브러진 시체들을 밟아 가며 본능만 남은 좀비처럼 꾸역꾸역 밀려 들어왔다.

죽어 봐야 하루 접속 못하면 그뿐이라는 거다.

"후우!"

어쨌거나 이대로라면 당하고 만다.

번쩍!

그녀가 스태프를 앞으로 내밀자,

콰아아앙! 콰아앙! 콰아아아아앙!

사방팔방으로 미친 듯이 전류가 쏟아져 나갔다. 몇 배는 더 강력해진 위력이었다.

"끄아아악!"

"커헉!"

성난 파도처럼 밀어닥치던 적들도 주춤했다. 한 줄씩 쓰러지던 게 네 줄, 다섯 줄씩 나자빠지니, 아무리 대단한 각오를 다졌다 한들 순간적으로 움찔할 수밖에 없는 거였다.

콰아아앙! 빠지지직! 콰아아앙!

아리엘은 쉬지 않고 마법을 쏘아 댔다. 그럴수록 적들의 진군은 점차 위축되었다.

바로 그때였다.

주륵!

아리엘의 입에서 한 줄기 피가 흘러나왔다. 피를 소모하여 마법을 쓰는 블러드 메이지의 특성상, 마법이 위력을 더할수록 아리엘의 피통도 쭉쭉 빠진 거였다.

이럴 때면 흡혈을 통해 피를 채워야 하는데…….

'못하겠어!'

그녀가 아랫입술을 꾹 물었다.

흡혈 스킬을 발휘하기 위해서는 적의 목을 움켜쥐고, 손끝으로 피를 빨아들여야 한다.

'게임이야. 게임일 뿐인데, 왜 그렇게까지……'

아리엘은 여동생이 누워 있던 병실을 떠올렸다. 도저히 안 될 것 같다며 고개를 저을 때였다.

"으아아아!"

정면에서 고함이 먼저 들렸고,

쿵쿵쿵!

발소리가 뒤따랐으며, 뒤이어 고강 템 특유의 은빛 아우라가 눈에 들어왔다. 거대한 방패를 앞세운 기사 하나가 그녀에게 달려들고 있었다.

빠지직! 빠지지직!

"으아아아앗!"

마법에 달려들면서도 표정 하나 변하지 않는 걸 보니 숙련된 탱커가 분명해 보였다.

쿠웅! 쿠웅! 쿠웅!

기어코 전류를 뚫고 아리엘의 코앞까지 다가온 놈은 방패를 치우며, 그간 숨기고 있던 원 핸드 소드를 빼 들었다.

슈우욱!

살려면 손을 뻗어 흡혈을 해야 한다. 아리엘은 손을 들었으나 끝내 뻗어 내지 못하였다.

그녀가 도저히 못 견디겠다는 듯 두 눈을 질끈 감은 그

때였다.

쐐애액!

눈은 감았어도 귀는 똑똑히 소리를 그려 냈다. 자신에게 날아드는 검과는 또 다른 소리가 왼편에서 들려왔다.

그리고 곧,

털썩!

뭔가 고꾸라지는 소리가 들려왔다.

'뭐… 지?'

분명 검이 날아들었는데?

그녀가 억지로 눈을 떴을 때, 바닥에 널브러진 방패가 보였다. 그 옆으로 미친 듯이 달려들던 탱커가 쓰러져 있었다.

"무, 무슨?"

여전히 그녀를 반원 모양으로 포위하고 있던 적들은 더는 그녀에게 달려들지 않았다. 대신 하나같이 약속이라도 한 것처럼 고개를 들어 하늘을 바라봤다.

그들의 시선이 닿은 곳으로 고개를 들어 올리자,

촤악! 촤악!

하늘을 뒤덮을 듯한 거대한 날개가 그녀를 호위하듯 활짝 펼쳐져 있었다.

"너무 몰리는데, 아리엘?"

허공에서 들려온 건 분명 강철의 목소리였다.

윤창호는 모니터에 코를 박다시피 했다. 누가 보면 화면에 들어가려는 줄 알 정도였다.

"이야! 쩍이네!"

그는 넥씨 공식 홈페이지에서 진행 중인 생중계 영상을 시청하는 중이었다. 옆에 있는 채팅창은 이용자가 너무 많아 읽을 수가 없었다.

'동시 시청자 수'라는 문구 옆으로 죽 늘어서 있는 숫자는, 이게 몇 단위인지 셈도 잘 되지 않았다.

"일십백천만십만백만천만? 3천만이라고?"

아무리 전 세계 동시 생중계라지만… 하아!

이렇게 관심들이 많으니까, 이 게임으로 그렇게 많은 돈을 벌 수 있다는 거잖아?

하기야 모니터 화면에 나오는 사람만 족히 만 명은 돼 보였다.

마왕 잡겠다고 카오스 길드 성까지 들어간 놈이 만 명이니까, 밖에서 기다리는 인간들은 더 많을 거다.

실시간 검색어 1위가 '순간 이동 아이템'이었으니, 아무래도 당분간 더 많은 유저들이 쏟아질 게 분명했다.

"근데 이 새끼는 왜 자꾸 전화를 안 받아?"

그는 휴대폰을 열어 통화 버튼을 연달아 눌렀다. 그러자 액정에 강철이란 이름과 010으로 시작되는 번호가 크게 표시되었다.
"새끼, 백수가 뭐하느라고……."
(전화를 받지 않아… 소리샘으로 연결되며…….)
"아오!"
그는 책상 위에 휴대폰을 획 던져두고는 다시 모니터 화면을 쳐다봤다. 마왕이 날개를 쫙 펴고 날아다니며 유저들을 썰고 있었다.
"게임도 잘한다는 새끼가, 이때 한몫 당기면 떼돈 벌 텐데."
그래서 돈 벌면 내 통장으로 들어올 텐데. 큭큭!
하기야 강철이 그놈, 사람도 몇 없는 게임했으니까 잘한 거지, 이렇게 경쟁 빡신 데 들어오면 지가 어쩌겠어?
치익!
윤창호가 담배를 쭈욱 빨았다.
"이왕 게임하는 거, 저런 캐릭 굴리면 좀 좋아? 그럼 돈 존내 벌 텐데."
종이컵에 담뱃재를 털 때였다.
툭툭!
그거 뭐 어려운 일이라고 키보드에 흘렸다. 시발!
"쩝!"
하기야 저런 끝판왕을 사람이 어떻게 하겠냐. 그건 말이 안 되지.

윤창호는 조용히 휴대폰 시계를 보았다.

생중계 시작된 지 30분쯤 됐을까?

강철한테 전화를 또 해, 말아?

그러다 곧,

"유저들 존내 많은데, 마왕 저거 얼마나 버틸라구. 접속할래도 곧 끝나겠지."

윤창호는 아쉬운 마음에 입맛만 다셨다.

"정신 차려! 아리엘!"

허공에 떠 있던 강철이 소리쳤다. 하지만 그녀는 멍한 표정일 뿐, 반응이 없었다.

쿵! 쿵! 쿵! 쿵!

아이언 골렘과 파이어 골렘이 나란히 이쪽으로 돌진해 왔다. 그뿐인가. 그녀를 노리던 놈들이 버젓이 눈을 뜨고 있는 상황이었다.

인면수심과 싸우던 중 아리엘이 눈에 들어와 구하러 오긴 했다만, 그녀를 지켜 가며 싸울 정도의 여유는 없었다.

"에잇!"

강철은 얼른 지상으로 내려와서는 아리엘의 스태프를 붙

들고 다시 하늘로 튀어 올랐다.

촤악! 촤악!

아리엘은 그제야 정신이 든 듯 고개를 들어 강철을 바라봤다.

"아리엘!"

"예?"

강철은 그녀가 왜 그런 표정을 하고 있었는지 알 것 같았다. 흡혈 스킬은 아리엘의 성정상 무리라고 생각했었는데, 역시나 문제가 터진 거다.

슈웃! 슛! 슛! 파바밧! 파바바바!

활과 마법이 허공에 쏟아졌다.

부웅! 부웅!

강철은 사이드를 휘두르며 공격을 흩어 버렸다.

이런 유의 공격 따위 어떻게든 흘려버릴 수 있었는데…

다그닥! 다그닥!

해골마를 타고 따라붙은 인면수심은 쉽게 떼어 낼 수준은 아니었다.

놈이 번쩍 완드를 들어 올리자 아리엘의 머리에 작은 불꽃 모양이 생성되었다.

젠장!

피가 얼마 남지 않은 그녀에게 저주를 건 게 분명했다.

[저주-고통이 시전되었습니다.]

[초당 30의 데미지가 들어갑니다.]

초당 30이라고?

아리엘의 HP라 봐야 590에 불과하니, 20초를 버티기 힘들다는 소리였다. 저주에 걸린 상태에서는 포션을 마셔 봐야 피가 차지도 않는다.

"드디어 복수를 하는구나."

인면수심은 비릿한 미소로 아리엘을 노려봤다. 그녀의 죽음을 한순간도 놓치지 않겠다는 듯 놈은 눈에서 불길을 쏟아 낼 지경이었다.

젠장!

500HP. 지금도 아리엘의 피가 줄어들고 있었다.

"아리엘!"

강철은 아리엘의 스태프를 잡아당겨 그녀를 자신에게 밀착시켰다. 그러고는 두 눈을 똑똑히 마주쳤다.

"게임일 뿐이야!"

"예?"

"멍청하긴! 게임일 뿐이라고!"

물론 강철은 게임 덕분에 빚도 갚고, 새 인생도 꿈꾸고 있긴 하지만!

"그렇지만……."

그녀의 눈이 가늘게 떨렸다. 길드 전체를 적으로 돌렸던 아리엘이 멈칫거리는 거다. 인생 직진이라고 소리쳤어도 누구나 돌아갈 때가 있는 거니까.
"마왕 일로 엮이게 해서 미안해."
"예?"
그깟 계약 아니어도 충분히 강했다, 아리엘은.
피 잔뜩 뒤집어쓰는 일 따위 없게 하는 게 맞는 거다.
"리스폰되면 계약은 없던 일로 해 줄게."
"그게 무슨 말이에요?"
"레전드리 템이나 구하러 가자."
그녀는 대꾸가 없었다.
강철은 그런 그녀를 또렷이 바라봤다.
380, 350, 320HP.
'어차피 내 돈 벌겠다고 벌인 판이야. 굳이 아리엘에게 하기 싫은 일까지 강요할 필요는 없는 거지.'
강철은 그녀를 보며 빙긋 웃어 주었다. 여기까지 싸우러 나와 준 것만 해도 정말 고마워서 그랬다.
"마왕 멋있다고, 댓글이나 달아 줘."
강철이 가벼운 농을 던진 순간이었다.
"해 볼게요."
"응?"
"해 본다고요."
댓글을 단다는 소리인가 하고 고개를 갸웃할 때였다.
툭!

이제 그만 가라 • 291

그녀가 스태프를 놓아 버렸다. 그러자 허공을 날던 그녀가 땅으로 떨어졌다.

"아, 아리엘!"

쿵!

떨어진 충격 탓에 그마저 있던 피가 훅 깎여 버렸다.

80HP.

타다다다!

빈사 상태인 그녀에게 막타를 넣어 보겠다고, 한 무리의 적들이 달려들었다.

촤악! 촤악!

강철은 쏘아져 나갔지만,

50HP.

그녀에게 덮치는 놈들이 먼저였다.

젠장!

그러나…

슈욱! 홱!

아리엘이 자신에게 뻗어 오는 검을 가까스로 피해서는,

척!

상대의 목에 손을 뻗었다.

20HP.

"할 수 있어!"

그녀가 질끈 눈을 감자,

그오오오! 파바바바바!

거대한 핏줄기가 아리엘에게 쏟아져 들어갔다.

순간 그녀의 HP가…

쿠웅! 쿠웅! 쿠웅!

천 단위로 차오르기 시작했고,

촤앗!

그녀에게 핏빛 실드가 형성되었다.

털썩.

목을 붙잡힌 사내는 다리가 풀려 무릎을 꿇었다.

조심스레 눈을 뜬 아리엘은 핏빛으로 물든 자신의 손을 바라봤다. 그리고 그녀는 혼잣말을 중얼거렸다.

"할 거야. 마왕을 위해서."

⁂

아리엘의 몸에서 붉은 아우라가 뿜어져 나왔다. 손에서는 핏물이 뚝뚝 떨어지는 중이었다.

눈이 마주치자 그녀는 애써 웃으려 했지만 좀처럼 쉽지 않은 모양이었다.

그 모습을 보고 있자니 미안한 마음부터 들었다.

이건 강철의 전투다. 돈을 벌기 위해서 강철은 이곳에 나선 거고, 아리엘은 그와의 친분 덕에 도와주러 왔을 뿐이다.

그런데 그런 그녀가 강철을 위해서 이를 악물고 버티고 있는 거다. 제 성격에 맞지 않는 일들을 감수해 가면서 말이다.

"후우."

강철이 한숨을 내쉬며 아리엘에게 다가갔다.

그가 무슨 말을 하려는지 알았을까?

"인생 직진이잖아요."

그녀는 결국 눈웃음을 그려 내는 데 성공했다.

"신호등도 없던데요, 뭐."

아리엘은 참 강한 사람이다. 그런 그녀도 커다란 약점 몇 개쯤은 갖고 있는 모양이다.

그래서 더 응원하게 되는지 모른다, 아리엘을.

강철은 그녀에게 더는 미안하단 말을 하지 않기로 결심했다. 언제고 그녀에게 도움이 필요한 순간 제일 먼저 달려갈 것을 다짐했기 때문이다.

"진짜 대책 없는 스타일이야."

"그걸 이제 알았어요?"

아리엘이 눈을 빛냈다. 그 눈을 보고 있자니 문득 그녀가 캡슐 밖에서는 어떤 눈을 하고 있을지 궁금해져서, 이내 고개를 돌려야 했다.

강철은 민망한 마음에 자신의 볼을 찰싹 때렸다.

아서라! 지금 네가 그런 생각할 때냐?

정말 아리엘을 위하는 거면 어떻게든 이 싸움 이기기나 하자.

강철은 마음이 어수선할 때면 꼭 돈이 떠올랐다.

돈이 곧 초심이니까.

그래! 이거 다 돈 벌려고 하는 짓인 거다.

후우!

그 생각을 하니 거짓말처럼 머리가 맑아지는 기분이 들었다. 심지어 앞으로 뭘 해야 하는지 그려지는 것 같기도 했고.

오늘만 정확하게 3,140만 원 벌었다.

그래. 꿈에도 못 찾아오는 불쌍한 우리 아빠 위해서라도 빚 그거 좀 갚아 보자, 인간적으로.

오늘 목표는 2억이다. 그 이하까진 쉴 생각하면 그거 사람 새끼 아니다!

"가자!"

촤악! 촤악!

강철은 적들을 향해 힘찬 날갯짓을 했다.

으아아아아!

뒈져라아아아!

뎅- 경! 뎅- 경! 뎅- 경!

강철은 황금빛으로 물든 논밭에 나온 기분이었다.

주위를 빽빽하게 채운 적들은 고개 숙인 벼요, 강철은 추수하러 나온 농민이었다.

벼 베는 일이 고생스럽긴 해도, 이게 다 돈 버는 일이니까!

뎅겅! 뎅겅! 뎅겅!

길을 막는 놈들 죄다 썰어 버렸는데, 아직 4천을 못 찍었다. 물론 그것도 큰돈이긴 하다만…….

'인면수심! 그 새끼 썰면 1억!'

돈의 규모가 다르니, 자연히 강철의 칼날도 인면수심을 향할 수밖에 없는 거였다.

사이드 하나 들고 고군분투하던 전과 달리,

"하아아앗!"

지금은 아리엘이 합류한 상황이다.

파바바바! 콰과과광! 쩌저적! 쩌저적!

분위기 축축 처지던 아리엘은 온데간데없고, 지금 그녀는 잔다르크가 따로 없었다.

그래서일까?

"으으으! 그만 좀 쫓아와라!"

강철 혼자 덤빌 때는 존내 센 척하던 놈이, 아리엘을 보고는 내빼기 바빴다.

하기야 그녀는 히든 클래스까지 달고 나타난 반면, 저놈은 있던 아이템도 떨군 상황이니 상대될 리가 없는 거다.

도망가는 게 상황 파악 제대로 한 거긴 한데,

두그덕! 두그덕!

해골마가 빨라 봐야 얼마나 빠를까.

촤악! 촤악!

날갯짓 몇 번에 놈의 머리 위로 금세 그림자가 드리웠다.

강철의 존재를 확인한 놈은 완드를 치켜들어서 저주를 부으려 했지만,

콰과과과!

아리엘의 마법이 먼저 날아들었다.

파이어 골렘과 아이언 골렘이 어떻게든 마법을 대신 맞겠다고 나섰으나, 놈들을 위한 마법은 따로 준비돼 있었다.

파바바밧!

얼음 마법이 쏟아져 나온 순간, 두 마리 골렘 모두 그 자리에 굳어 버렸다.

"하아앗!"

그녀가 다시 스태프를 번쩍 들어 올렸을 때,

퍼엉! 퍼엉!

두 골렘 모두 산산조각 난 채로 바닥에 널브러져 버렸다.

"이이잇!"

인면수심은 얼른 다른 놈이라도 소환해 보고 싶은 모양이었지만, 지가 무슨 블러드 메이지도 아니고 마나를 무한정 쓸 수는 없는 노릇인 거다.

"그냥 조용히 뒈져라! 이 새끼야!"

강철이 놈의 머리 위를 날며 사이드를 번쩍 들었고,

쒜애액!

사이드가 날아오는 동안 놈은 겁먹은 얼굴로 그걸 바라보다가,

"으윽!"

짧은 탄성과 함께 말에서 몸을 눕혔다. 그리고 스스로 쿠웅! 말에서 떨어져 버렸다.

뎅- 겅!

강철의 사이드는 그래서 애꿎은 해골마의 머리만 베어야 했다.

두그덕두그덕! 콰앙!

머리가 잘린 말은 몇 발짝을 더 달리다, 이내 바닥에 처박혀 버렸다.

하! 새끼, 어지간히도 버티는구나.

강철은 흙먼지를 잔뜩 뒤집어쓴 인면수심을 바라봤다. 위기를 만난 꿩처럼 땅에 대가리를 처박은 채였다.

"하아앗!"

파바바밧!

아리엘이 쉬지 않고 마법을 휘몰아친 덕분에, 그 누구도 강철을 방해할 수 없었다.

인면수심도 그걸 아는지 머리를 처박고 몸만 덜덜 떨 뿐,

별다른 반항의 기미를 보이지는 않았다.

"하, 참……."

아리엘 하나 잡겠다고 그 병력을 끌고 온 새끼가, 지가 위기에 처하니까 이 지랄을 떤다 이거지?

강철은 이를 부득 갈았다.

이렇게 비겁한 새끼들의 말로가 어떤 건지 확실하게 본보기를 보여 줘야 한다. 그래야 딴 놈들이 같은 마음 안 먹을 테니까.

돈 안 줘도 따라가서 조져 놔야 될 놈인데, 널 잡으면 1억을 준단다! 자그마치 1억!

'그래! 이게 내 복이다, 복.'

강철은 더는 볼 것도 없다는 듯 얼른 사이드를 움켜쥐었다.

"뒈져라, 이 새꺄!"

쐐애액!

바로 그 순간, 놈은 기다렸다는 듯 강철에게 몸을 돌리며 완드를 치켜들었다.

고개를 처박은 척하고 몰래 캐스팅을 해 뒀다가, 강철이 사이드를 휘두르는 바로 그때 주문을 시전한 거였다.

"그럴 줄 알았지! 썩을 놈아!"

서경! 툭!

완드를 쥔 손이 바닥에 떨어졌다.

이제 그만 가라 • 299

"이, 이 무슨?"

놈은 어처구니가 없다는 눈으로 강철을 바라봤다.

멍청한 놈. 대가리 처박고 곱게 뒈지는 척할 때 이미 알아봤거든?

네 몸값이 1억이야, 1억!

근데 나라고 어설프게 하겠냐?

놈은 이미 절단된 손을 주워서는 억지로 팔목에 가져다 대었다.

로봇이 아닌 다음에야 저런다고 붙일 순 없는 거다.

강철은 애초에 놈의 목이 아니라 완드를 쥔 손을 향해 사이드를 휘둘렀었다.

살아 보겠다고 일부러 낙마까지 한 놈이니까.

그런 인간이 땅에 머리를 박고 죽음을 기다릴 리 없는 거다. 몰래 캐스팅해 두고 결정적인 순간에 완드를 치켜들 게 뻔해서, 미리 그쪽에 사이드를 휘둘렀을 뿐이다.

"으윽… 으윽!"

놈은 잘린 손에서 완드를 빼내려 낑낑댔다. 아직도 포기를 못한 거였다.

여기서 제대로 기를 죽이려면 나머지 손을 자르는 수도 있다. 하지만 강철이 무슨 악취미에, 살인 중독자도 아니고.

"염병 그만 떨고, 이제 그만 가라."

쒜애액! 뎅- 경!

사이드가 꽂혔고, 놈은 풀썩 고꾸라지고 말았다.

↯

 권경우는 쇠사슬에 묶인 채로 바닥에 널브러져 있었다.
 계속되는 저주에 정신을 잃었던 놈이 겨우 정신을 차린 상황이었다.
 이대로 일어나면 또 저주를 걸까 싶어 슬며시 실눈을 떠 보았는데, 인면수심도 발록도 보이지 않았다.
 '시발! 내가 무슨 부귀영화를 누리겠다고 혼자 여길 쳐와서……'
 뒤늦은 후회 따위 해 봐야 속만 쓰릴 뿐이었다.
 주위는 북적북적했다. 카오스 길드 놈들 성인데 애먼 인간들이 대부분이었다.
 '뭐지? 무슨 일이 벌어지고 있는 거지?'
 이럴 때는 아는 사람들한테 귓말을 보내는 게 최고다.
 하지만 있는 길드도 깬 권경우니까.
 지가 필요할 때만 사람 찾는 놈인데, 귓말 보낸다고 답장해 줄 친구 따위 있을 리 만무했다.
 그렇다고 쇠사슬에 묶여 있는 놈이 지나가는 사람 붙들고 뭔 일이냐고 물어보다가, '이 죄수 새끼 깨어났는데요?' 소문이라도 나면 다시 고문이 시작될지도 모를 일이었다.

'젠장! 이게 뭐하는 짓거리인지…….'

권경우가 절망에 빠진 얼굴을 하고 있을 때였다.

저벅저벅!

걸음 소리가 들려 다시 질끈 눈을 감았다.

발소리 끝에 '챙!' 하고 금속음이 따라붙는 걸 봐서 인면수심은 아니었다.

놈은 흑마법사답게 천으로 된 방어구만 둘러서, 쇠 부딪치는 소리 따위와는 거리가 먼 탓이었다.

'젠장! 누가 됐든 때리면 아픈 건 매한가지긴 한데…….'

발소리는 코앞에서 멈췄다.

"멋진 템이군."

지금 권경우의 템 중에 멋지단 소리를 들을 수 있는 건 14강 진혼검뿐이다.

3억 들여 산 템인데, 멋진 게 당연하지!

어쨌거나 조금만 더 버티면 된다. 이렇게 비정상적인 패턴으로 오랫동안 로그아웃을 못하게 되면, 언제고 비상 종료를 하겠냐는 메시지가 뜨긴 할 테니까.

그나마 다행인 건 아무리 지랄들을 한다 해도 들고 있는 템을 뺏을 수는 없단 거였다.

그래, 템만 있으면 언제고 복수할 수 있다.

지금의 치욕 따위, 얼마든지 버텨 주마.

권경우가 이를 악물 때였다.

"미안하지만, 그 템 좀 빌릴 수 있을까?"

뭐? 이건 또 무슨 개소리야?

느닷없는 말에 권경우는 저도 모르게 실눈을 떠서는 상대를 바라봤다.

놈은 몸을 숙인 채 권경우를 보고 있었다.

헝클어진 금발에 얼굴 반을 가린 남자.

그 아래로 어깨까지 떨어지는 경량 갑옷이 보였는데, 그곳엔 아가리를 쩍 벌린 두꺼비 문양이 잔뜩 새겨져 있었다.

'저, 저 문양은… 혹시?'

순간 권경우는 저도 모르게 눈을 부릅떠 버렸고, 결국 자신을 내려다보는 사내와 눈을 마주치고 말았다.

"으… 으으."

제일 먼저 상태창을 열어 봤다. 그러자 놈의 머리 위로 '리온'이란 이름이 떠올랐다.

젠장! 머, 먹깨비, 리온이라니! 이 땅에 셋밖에 없다는 히든 클래스 유저 리온이 왜 여길?

어느덧 리온은 권경우의 허리춤에서 진혼검을 빼 들었다.

"으, 으윽!"

반항하고 싶었지만 몸이 말을 듣지 않았다.

남의 템을 왜? 어차피 뺏지도 못할 텐데?

권경우의 얼굴에 의문이 가득했지만, 대답 따위 해 줄 리온이 아니었다.

이제 그만 가라 • 303

"호오!"

리온은 14강 템 특유의 영롱한 아우라를 살피며 탄성을 쏟아 냈다.

"피가 되고, 살이 되겠어."

몹시 흐뭇한 얼굴로 한동안 진혼검을 바라보던 놈은 먹이를 앞에 둔 두꺼비처럼 입을 쩍 벌려서는,

꿀꺽!

14강 진혼검을 그대로 삼켜 버린 거였다.

그 직후, 리온의 모든 스탯이 20씩 상승했다.

'뭐, 뭐, 이 시발……. 이게 마, 말이…….'

권경우는 두 눈으로 똑똑히 보고도 그 광경을 믿을 수가 없었다.

먹깨비 리온이 아이템을 먹고 스탯을 올린다는 얘기는 들었지만, 그건 본인 템에 한해서였다.

남의 템을 먹으면 그건 사기잖아!

하지만 그런 마음과 달리,

"제, 제 템을 좀 돌려주시면 아아… 안 되겠습니까?"

몹시도 공손한 말이 입 밖으로 흘러나왔다. 그마저도 몹시 떨린 목소리였다.

"이미 먹었는데?"

"예?"

"봤잖아. 내가 먹는 거."

뭐? 그걸 먹었다고? 그게 얼마짜린데? 그걸 어떻게 구한 건데!

"제발, 제에바알! 도도도… 돌려주세요! 쫌!"

그러나 놈은 이제 권경우 따윈 관심도 없다는 듯 성곽 아래를 내려다봤다.

"흐음, 인면수심이 당했군. 아무리 템이 없는 상황이라고 해도 제법인데?"

"그거… 빚져서 산 거라구요!"

그때였다.

스윽!

리온이 권경우에게 고개를 돌렸다.

"한마디만 더 해."

놈의 눈에서 거대한 바늘이 쏟아지는 기분이었다.

"그럼 네놈이 어디서 태어나든, 죽을 때까지 쫓아가서 더는 이 땅에 발붙일 수 없게 해 줄 테니까."

거기까지 말한 놈은 표정 없는 얼굴로 다시 성루 아래로 시선을 던졌다.

"후우! 이제 슬슬 움직여 볼 시간이로구만."

※

이재학 전무는 속이 타들어 가는 얼굴로 걸음을 옮겼다.

직원들의 인사 소리가 들렸지만 눈길 한번 주지 않았다. 그가 향한 곳은 송재균의 방이었다.

똑똑!

대꾸가 들려오기도 전에 그는 문부터 열어젖혔다.

쾅!

책상에 앉아 있던 송재균은 눈살을 찌푸렸지만, 이내 자리에서 일어섰다.

"무슨 일이십니까?"

"아, 죄송합니다, 개발자님. 상황이 상황인지라."

"어떤 상황이죠?"

"네임드 유저들이 몰려들고 있습니다. 확인하고 계셨습니까?"

송재균은 대답 대신 벽면을 메우고 있는 모니터 화면을 가리켰다.

강철을 비추는 화면만 4대, 아리엘과 케인을 비추는 화면이 각각 1대씩이었다.

투입된 돈만 상상을 초월하는 프로젝트다.

개발자인 송재균이야 그 장면을 죄다 체크하고, 혹시 모를 문제에 대비하는 게 당연했다.

"다 보고 계셨겠네요?"

"물론입니다."

그의 말에 전무는 황당하다는 듯 화면을 가리켰다.

"저기 좀 보십시오. 히든 클래스 리온에, 랭킹 7위 솔라, 11위 루난까지. 이러다 프로모션 열자마자 끝나는 거 아닙니까?"

마왕 출몰이 프로모션의 주된 내용이다.

뭘, 얼마나, 어떻게 준비했건 간에 마왕이 죽으면 이벤트 다 끝나는 거다.

프로모션을 통해 들어오는 수익이 얼만데?

강철이 등장한 지 한 시간도 안 돼서 공략을 당한다면 '이 따위 콘텐츠 하나 만들고 그렇게 부산을 떤 거냐!'는 식의 비난이 폭주할 게 분명했다.

'택배 상자가 엄청 커서 기대했더니 껌 한 통 넣어 보내 주셨네요. 잘 씹겠습니다.'

어떤 악플이 달릴지 상상이 된 탓에 전무는 몸을 부르르 떨어야 했다.

그러나 정작 문제는 그게 아니다. 지금 들어오는 상상치 못했던 수입을 여기서 날릴지 모른다는 두려움이 더 컸다.

"무슨 방도가 있겠지요? 어련히 잘 준비하셨겠지만, 마왕이 당하기 직전에 마계의 문이 열려서 NPC들이 쏟아진다거나, 뭐 죽기 직전에 각성을 해서 목숨을 구한다거나, 방법이 있겠지요?"

방법이 없으면 지금이라도 당장 만들어 달라는 듯 전무는 애원했다.

하지만 그와 달리 송재균은 담담한 얼굴이었다.
"특별한 건 없습니다."
"예?"
"저희가 강철 씨에게 도움을 주는 건 게임 외적인 부분뿐입니다. 게임 안에서는 오로지 강철 씨 마음대로 진행할 수 있도록 일절 개입하지 않습니다."
"아니, 개입을 하시라는 게 아니라 보험 같은 거 들어 두면 좋다는 거지요. 아니, 유저들한테 둘러싸여 당장 죽을 위기인데……."

전무는 지금 막 눈물을 터뜨려도 이상하지 않을 얼굴로 말을 이었다.

"저기 좀 보세요. 유저들 쏟아지는 것 보고도 그런 말씀이 막 나오십니까?"

과연 모니터 하나는 성 앞에 바글거리는 유저들만 보여 줬는데, 길게 늘어선 줄은 끝날 기미가 보이지 않았다.

도무지 감당이 안 된다는 듯, 하아! 크게 한숨을 내쉰 전무가 휴대폰을 꺼내 들었다.

그는 제일 먼저 실시간 검색어를 체크했다. 그러고는 그럴 줄 알았다는 듯 포털 화면을 띄워 송재균에게 보여 주었다.

〈1위. 마왕

2위. 마왕 출몰 장소
3위. 마왕 이벤트
4위. 카오스 길드 성
5위. 카오스 성 찾는 법〉

"봐요. 검색어 다 장악했습니다. 더도 말고 덜도 말고, 이 분위기에서 딱 5시간만 더 마왕이 버틸 수 있게 해 줍시다."

전무의 말도 일리는 있었다. 오로지 넥씨의 입장만 대변한다면 그러는 게 맞기도 했다.

하지만 송재균의 생각은 그와 다른 듯했다.

"강철 씨를 마왕으로 섭외한 건 단연코 제 기획이었습니다. 모두가 반대할 때 제가 밀어붙였습니다."

당연히 이재학 전무도 반대했었다.

송재균의 입장에서 딱히 그를 미워할 필요는 없는 일이다. 그가 아니더라도 모두가 반대했으니까.

김택수 의장이 밀어붙이지 않았다면 유저가 마왕의 역할을 감당하는 일 따위,. 절대 불가능했을 거다.

"제가 이 프로젝트를 설명할 당시에 드린 말씀, 혹시 기억하십니까?"

"예?"

송재균은 단단한 얼굴로 말을 이었다.

"이건 유저를 NPC로 만드는 프로젝트가 아닙니다."

"……?"

"강철 씨가 마왕이 되는 프로젝트지요."

최고의 인공지능이 해내지 못한 일을 일개 유저에게 맡기는 일이다.

모두가 반대한 건 그래서 당연했다.

하지만 송재균이 그러한 계획을 제안할 수 있었던 건 오롯이 강철의 존재 때문이었다.

"그를 믿지 못하더라도 데이터는 믿으십시오."

송재균은 서랍에서 서류를 꺼내 이재학에게 건넸다.

"데이터는 어느 것도 주장하지 않습니다. 그래서 아무런 거짓말도 하지 않지요."

"후우."

이재학은 무거운 얼굴로 서류를 살폈다.

"카이얀에서의 데이터와 어둠의 나라에서의 데이터를 비교한 자료입니다."

"이, 이게 무슨?"

서류에 고정돼 있던 그의 눈이 어느덧 휘둥그레져 있었다.

❧

목표액 2억!

지금까지 확보한 돈! 1억 4,220!

"ㅎㅎㅎ!"

강철은 웃음이 절로 나왔다.

인면수심을 잡은 게 정말이지 컸다.

1억이 단박에 추가되니, 액수가 아주 그냥 단단해진 기분마저 들었다.

지금까지 번 돈만 해도 정말 큰돈이다.

20대 남자가 어디 가서 이 돈을 벌 수 있겠나?

하지만 보통 사람은 상상하기 힘든 빚도 지고 있으니까…….

그놈의 빚만 생각하면 힘이 불끈불끈 솟는 강철은 목표액인 2억 돌파를 외치며 주위를 둘러봤다.

성주인 인면수심이 죽고 템을 잃은 카오스 길드원들도 별 볼 일 없이 당했지만, 여전히 성에는 강철을 노리고 온 적들로 바글바글했다.

실시간으로 게임을 지켜보던 유저들이 운발을 기대하고 계속해서 달려드는 것 같았다.

여기 있는 놈들을 다 처리할 수 있다면 2억은 쉽게 넘길 수 있다. 하지만 강철이 잊으면 안 되는 건,

"죽으면 모든 게 다 땡이라는 거지."

결국 이 성에 계속 고립된 상태라면 언젠가 체력적인 문제로 공략당하고 말 거다.

아무리 좋은 총을 들고 있어도 적이 한도 끝도 없이 밀려

들면 결국 모종삽에 찔려 죽을 수도 있는 법이다.

"아리엘! 일단 여기서 빠질 거야."

"예?"

그녀가 의외라는 듯 강철을 바라봤다. 하긴 아리엘이 그런 표정을 보이는 것도 당연했다.

파바바밧!

여전히 광역 마법을 쏘아 내면,

"크헉!"

"으아아악!"

수십 놈이 그녀의 근처에도 와 보지 못하고 속절없이 쓰러졌으니까.

이제야 스킬에 감이 좀 잡혔을 테니, 지금이 한참 자신감 생길 때인 건 맞다.

"곧 적들이 들이닥친다."

이미 성안은 적들로 꽉꽉 들어차 있는데 새삼스럽게 무슨 말이냐고 물을 수도 있었지만, 아리엘은 그러지 않았다. 마왕의 판단이야 이미 지난 전투에서 족히 확인한 바다.

이해가 안 되면 이해하기 전에 먼저 움직이는 법을 배우는 편이 훨씬 유용하리라 판단한 모양이다.

그게 이 전투에서 가장 큰 기여를 할 수 있는 유일한 방법이라고 확신한다는 듯이.

"케인!"

아리엘은 짧게 소리친 뒤, 마법으로 길을 열어 주었다.
"여기예요! 이리로!"
혼자 신을 내던 케인은 아쉽다는 양 입맛을 다시고는 얼른 명령에 따랐다.
그녀의 말이 곧 마왕의 명령이라 판단한 듯했다.
쿵쿵쿵쿵!
케인의 복귀까지 확인한 강철은 미련 없이 성곽으로 내달렸다.
둘을 안고 날아가자니 집중 포화를 당할 게 뻔해서, 속도는 더디더라도 확실히 전진하는 쪽을 택한 거였다.
자신의 말 한마디를 믿고 따라 주는 동료들이다.
어떤 판단을 내리느냐에 따라 동료들의 목숨이 걸려 있는 상황이다.
'이제부턴 내가 앞장서서 길을 만들어야 한다.'
부웅! 부웅! 부웅!
성벽으로 향할수록 적들은 점점 까다로워졌다. 아이템 상태가 좋아지는 게 한눈에 보일 정도였다.
명당자리 잡고 말뚝 딜을 넣었던 놈들이니, 그중에는 방귀깨나 뀌는 놈들이 분명히 있을 것이다.
강철이 성벽에 5미터까지 접근하자,
슈우웅! 푸슉! 슈우웅! 푸슉!
화살이 쏟아졌다.

콰아아아!

강철은 먼저 불길을 토해 냈고,

촤악! 촤악!

놈들에게 쏟아져 들어가,

쐐액! 서거걱! 쐐애액! 서거거걱!

사이드로 적들을 찢어발겼다. 그 와중에 탱커 다섯이 강철에게 달려들었다.

그래! 이렇게 다섯씩 묶어서 오면 기분 참 좋다. 백만 원 한 방에 버는 것 같아 정말이지 쏠쏠하거든!

강철은 제일 먼저 달려든 뚱보의 칼질을 피하며, 무릎으로 놈의 명치를 찍었다. 연이어 뛰어든 두 놈은 일단 버텨 보겠다는 듯 방패를 앞세웠는데, 강철은 막을 테면 막아 보라는 듯 사이드를 휘둘러 버렸다.

쐐액!

그러자 놀랍게도 적들의 방패며 갑옷으로도 모자라,

촤아아아!

놈들의 몸이 두 동강 나서는 터엉! 바닥에 떨어져 버렸다.

그 모습이 너무 강렬했을까? 뒤늦게 뛰어들던 탱커 둘은 그대로 싸우는 게 맞나 머뭇거렸다.

사실 강철도 놀란 건 마찬가지였다. 곡괭이며 사이드며 수도 없이 휘둘렀지만, 여태 한 번도 느껴 보지 못한 묘한 감각이 손끝에 진한 여운을 남긴 거다.

강철은 먼저 움찔대는 두 놈에게 사이드를 휘두르고 봤다.

뎅- 겅! 뎅- 겅!

당연하다는 듯 둘 다 풀썩 쓰러졌지만, 방금 전의 감각 따윈 느껴지지 않았다.

'이걸 뭐라고 해야 되나?'

야구방망이로 공을 제대로 때리면 딱! 하고 맞는 순간, '넘어갔다!' 느낌이 온다고들 말하지 않는가.

배트 정중앙에 제대로 맞기만 하면 '내가 이걸 때린 게 맞긴 한가?' 거짓말처럼 손끝에 느낌이랄 게 전해지질 않는다고 하던데.

아까 사이드를 휘둘렀을 때가 딱 그런 느낌이었다.

분명 휘둘렀고, 적들이 두 동강 난 게 분명한데도 손에 아무런 감각이 전해지지 않았다.

사이드의 무게도, 무언가를 베었다는 손맛도 다 사라진 것처럼 느껴질 정도였다.

빛을 쥐고 휘두르면 이런 기분일까?

그 와중에도 제일 먼저 달려들었다가 무릎에 명치를 가격당한 탱커 놈이 바닥에 널브러진 채로 몸을 질질 끌었다.

어떻게든 강철에게서 멀어지려는 모양인데…….

미안하다! 목표액이 아직 많이 부족해서!

강철은 얼른 사이드를 휘둘렀으나,

뎅- 겅!

소리만 시원할 뿐, 아까와 같은 느낌이 더는 전해지지 않았다.

'아깐 뭐였지?'

정말이지 빛을 휘두른 기분이었는데.

어쨌거나,

"으아아아!"

지금은 빛이 아니라 고무줄을 들고 휘두르래도 휘둘러야 하는 상황인 거다.

"간다아아아!"

기다려라아아아! 2억아아아!

강철은 손이 떨어져라 사이드를 내뻗었다.

타다다닥!

열심히 달리던 아리엘이 급작스레 멈춰 섰다. 그러자 뒤따르던 케인은 발이 꼬여 몇 바퀴를 데굴데굴 굴러야 했다.

먼지를 뒤집어쓴 케인이 무슨 일이냐는 듯 아리엘을 바라봤다.

목표한 성곽이 바로 코앞인데, 아리엘은 성문을 바라본 채로 미동조차 보이지 않았다.

앞장섰던 강철도 걸음을 멈추고는 고개를 돌렸다.

"랭커가 둘이나 돼요."

그녀의 시선을 따라가자 2미터는 훌쩍 넘어 보이는 빡빡이와 그놈 팔꿈치쯤 오는 여자가 보였다.

['루난' S급 플레이어, 보상금 1억이 지급됩니다.]

['솔라' S급 플레이어, 보상금 1억이 지급됩니다.]

젠장! 목표액이 2억이라니까, 새롭게 1억짜리 대가리 2개가 나타나 버렸다.

마냥 좋아할 수 없는 건 두 놈 다 최상위 랭커라는 사실 때문이었다.

"어차피 상대는 둘이에요. 저희 셋이 힘을 합치면 해 볼 만할 거예요."

아리엘이 다부지게 말했지만 강철은 고개를 저었다.

"상대도 셋이야."

"예?"

강철의 말이 떨어지기가 무섭게,

탓!

성곽 위에서 남자 하나가 뛰어내렸다.

['리온' S급 플레이어, 보상금 1억이 지급됩니다.]

결코 반갑지 않은 3억이다.

오늘 번 1억 5천 털어 먹으려고 온 3억!

"후우!"

싸움에 미친 것도 아니고, 튈 수 있으면 튀는 게 맞다.

근데 한가락 하는 놈들한테서 도망치는 게 쉬운 일은 아니다. 무턱대고 등을 보였다간 그 대가를 처참하게 치러야 한다.

방법을 찾기 전까지는 꼼짝없이 놈들을 상대해야 하는 게 정석이다.

"아리엘과 케인이 저 둘을 맡아."

강철은 루난과 솔라를 가리켰다.

"난 리온이란 놈을 상대할게."

그의 말에 아리엘은 설레설레 고개를 저었다.

"리, 리온을 일대일로요? 안 돼요! 절대 불가능한 일이라고요. 차라리 다 같이 싸우는 게……."

아리엘이 처음으로 강철의 오더에 반대 의사를 표했다.

걱정돼서 하는 말이라는 것쯤, 누구보다 강철이 더 잘 알았다.

강철은 그런 그녀의 반응에 별다른 대꾸를 하지 않았다. 그저 담담한 얼굴로 리온이란 놈을 살필 뿐이었다.

얼굴의 반을 덮은 앞머리에, 얄팍한 갑옷을 걸친 놈이었다. 기생오라비같이 생겨서는 결코 강해 보이지 않았다만…

두근! 두근!

게임을 오래 하면 느낌이란 게 생기는 법이다.

딱 보면 그냥 '저거다!' 하고 필이 올 때가 있는데, 그때 꼭 '저놈이 좀 하겠구나. 게임 오래 하면 저 인간은 계속 볼 수밖에 없겠다.' 하는 생각이 들곤 하는 거다.

리온이란 놈이 딱 그런 느낌을 주었다.

그래! 마왕을 계속하는 한 저놈은 아주 오래 봐야 할 게 분명했다.

리온은 그런 강철의 예상에 화답하듯 루난과 솔라를 향해 작은 소리로 말했다.

"마왕을 노리고 싶으면 지금 말해. 둘 다 지금 죽여 줄 테니까."

3권에 계속

내가 제일 잘하는 게 뭔 줄 알아?
아티팩트 만드는 거야.
그럼 내가 하고 싶어 하는 건?
복수지.
고대신, 그 게걸스러운 개새끼를 쳐 죽이는 거.

www.mayabook.co.kr

www.mayabook.co.kr